La noche más oscura

1.ª edición: abril 2011
10.ª edición: diciembre 2016

Juan Ignacio Luca de Tena, 15. 28027 Madrid
www.anayainfantilyjuvenil.com
e-mail: anayainfantilyjuvenil@anaya.es

Diseño de cubierta: Sergio A. González
Créditos fotográficos: 123RF/Quick Image

ISBN: 978-84-678-4125-1
Depósito legal: M-1908-2013

Impreso en España - Printed in Spain

Las normas ortográficas seguidas son las establecidas por la Real Academia Española en la *Ortografía de la lengua española* publicada en el año 2010.

Ana Alcolea

La noche más oscura

VIII PREMIO ANAYA
DE LITERATURA
INFANTIL Y JUVENIL

ANAYA

A Jørgen, Liv, Jon Gisle y Maria Victoria,
con quienes conocí Kjeungskjaer fyr.

A mi padre.

Y a la memoria de Nikolaj Dubrowski, de Feodor Pawlov
y de sus ciento noventa y tres compañeros.

PRIMEROS RECUERDOS

En esta vida hay cosas que nunca se olvidan, por muy pequeño que sea uno cuando acontecieron.

Los primeros recuerdos de Valeria se remontan a la época en que tenía poco más de dos años. Un día, una mujer de rasgos muy diferentes a los de las personas que tenía a su alrededor, le sonrió, la abrazó, y le dijo palabras que no entendía. A la mujer, antes de marcharse, se le llenaron los enormes ojos de lágrimas. Al día siguiente volvió con un muñeco de goma que representaba a un mono de color amarillo, y se lo dio a Valeria. La niña sonrió cuando le apretó las tripas y el muñeco gruñó en una especie de fa sostenido. Aunque, claro, esto Valeria no lo sabía. El caso es que la mujer de los enormes ojos volvió cada mañana hasta que por fin un día se la llevó, y la metió en un avión en el que pasó muchísimo rato. Tanto que tuvo tiempo de llorar, de correr por los pasillos, de tener frío, hambre, e incluso de hacer sus necesidades cuatro veces.

Cuando bajaron del avión, la mujer la volvió a abrazar, a cubrir de besos y a decirle: «Ahora eres mi hija y te llamas Valeria». La niña la miró desde abajo, desde los pocos palmos de altura que había crecido, apretó el monito amarillo, lo oyó gruñir, y sin entender ni palabra de lo que la señora le había dicho, sonrió.

Cogidas de la mano salieron a una sala muy grande donde las esperaban muchas personas de enormes ojos, grandes sonrisas, y con las cabezas llenas de pelos de diferentes colores. Todos la llenaron de besos, de abrazos y de regalos. Y todos hablaban una lengua que no comprendía.

Esos eran los primeros recuerdos de Valeria, y aunque habían pasado casi trece años desde entonces, aquellas primeras imágenes de su nueva vida no se le habían borrado jamás. Por eso, nunca hizo falta que Mercedes, su madre, le tuviera que contar que era una niña adoptada. Valeria sabía desde siempre que no había salido de la tripa de su mamá. De su otra madre, aquella de cuya tripa sí había nacido, nadie sabía nada, aunque lo más problable era que hubiera muerto en algún terremoto o en alguna otra catástrofe natural. La niña no preguntó nunca nada, ni sobre terremotos ni sobre su primera vida en el orfanato. Tal vez porque hay cosas en la vida que es mejor no saber. Lo que sí le preguntó a Mercedes fue por qué le había puesto aquel nombre tan raro, Valeria, que nadie más llevaba ni en el colegio, ni en las clases de inglés, ni en las de baile, ni en las de pintura, ni en las de natación.

—Te llamas Valeria porque así se llamaba mi abuela. Y como la tenía que llamar así, «abuela» y no por su nombre, me había quedado siempre con las ganas de llamar a alguien «Valeria». Además, es un nombre que ya casi nadie le pone a las niñas y es precioso. —Aquí la interesada torció el gesto—. Por todo eso te llamas Valeria.

—Vale —respondió la muchacha poco convencida con el discurso de su madre.

UN VIAJE SORPRESA

Valeria había terminado tercero de ESO con muy buenas notas y su madre quería hacerle un regalo muy especial: unas vacaciones diferentes. Mercedes llevaba varios días buscando de acá para allá ofertas en internet. Buscaba algo que le rondaba en la cabeza desde hacía años pero que nunca se había atrevido a llevar a cabo. Algo que pensaba que podía ser muy, pero que muy especial para ella y para su hija.

—Mamá, necesito el ordenador. Llevas horas con él.

—Enseguida termino. Ya casi lo tengo.

—Seguro que yo lo habría hecho antes. Eres muy lenta, mamá.

Mercedes le lanzó una mirada furibunda. Era consciente de que pertenecía a una generación que no había nacido con el ordenador incorporado, pero no era ni tan torpe ni tan lenta como le decían todos, sus hermanos, sus compañeros de trabajo, incluso los que estaban a punto de jubilarse. Y por supuesto, su hija adolescente.

—Si lo haces tú, no sería una sorpresa, así que te callas de una vez. Acércame el monedero, anda. Necesito la tarjeta de crédito. Pero no te acerques a mirar la pantalla. Todavía no.

Valeria hizo lo que su madre le pidió mientras pensaba cual sería aquel lugar secreto al que iban a ir de vacaciones. Mercedes era bastante imprevisible y durante los últimos años la había sorprendido con vacaciones, digámoslo así, peculiares. Hacía dos veranos que habían pasado quince días en una cabaña perdida y solitaria junto a un lago en Finlandia. Se habían dedicado a recolectar mirtilos, a pasear, a hacer mermeladas... Y a ser comidas por los millones de mosquitos que revoloteaban sobre la superficie del lago. En algunos momentos Valeria se había aburrido, porque en dos semanas no había visto otra cara que la de su madre. Ni siquiera había visto la suya porque en aquella cabaña no había ningún espejo. Para colmo, habían metido las mermeladas en la maleta; uno de los tarros se había roto y sus pantalones preferidos habían quedado inutilizables.

Y el año pasado, aquello había sido el colmo: habían estado otras dos semanas en un monasterio en el centro de Italia. Allí sí que había visto otras caras: las de los siete monjes barbudos que vivían en el convento y que le recordaban a los siete enanitos de Blancanieves. Dos veces se habían acercado al pueblo a tomar un helado y a caminar por callejones tan empinados que Valeria estaba, casi, deseando volver al monasterio para dejar de subir y de bajar cuestas.

Mercedes trabajaba muy duro durante el resto del año. Era psicoterapeuta en un hospital, y siempre estaba rodeada de gente que le contaba sus problemas, un día sí y el otro también. Una hora sí y la otra también. Por eso, su idea de unas vacaciones como Dios manda, era cada verano irse a un lugar solitario y tranquilo donde disfrutar de paz, de tranquilidad y de soledad. La compañía de Valeria era más que suficiente. La muchacha lo sabía, lo entendía y por eso protestaba poco. Lo justo. Además, el resto de las vacaciones las pasaba con sus amigos y con sus abuelos en el pueblo, con fiestas, vaquillas, bailes y ruido. Mucho ruido. Las dos semanas de vacaciones con su madre en algun rincón solitario de la tierra era algo que podía soportar. E incluso disfrutar. Aunque a veces se preguntaba por qué.

—Aquí tienes el monedero, mamá.

Mercedes extrajo la tarjeta, introdujo los números donde eran solicitados y, tras unos segundos de incertidumbre durante los cuales se mordió una uña de la mano izquierda, dijo sonriendo a su hija que la miraba expectante:

—Ya está.

—¿Ya está? ¿A qué misterioso y desconocido lugar del mundo nos vamos a retirar en esta ocasión?

—Ni te lo imaginas —contestó Mercedes emocionada.

—¿Acaso un monasterio budista en el Himalaya? —preguntó Valeria, aun sabiendo que exageraba.

—Demasiada gente. Muchos monjes y muchos turistas. No. Nos vamos al lugar más solitario que te puedas imaginar.

—El lugar más solitario... ¿Una ermita en lo alto de un monte? —replicó la muchacha.

—No. No nos vamos a ningún monte.

—Ay, mamá, dímelo ya, que me tienes en ascuas.

—No, no nos vamos a un monte —sonrió Mercedes—. Nos vamos al mar.

—¿Al mar? ¿A la playa? ¿Vamos a tener unas vacaciones de esas que tú denominas «normales»? —Valeria no se lo podía creer.

—Querida, «mar» no es sinónimo de «playa». ¿No has estudiado todavía lo de los sinónimos y los antónimos? —Y sí, claro que Valeria lo había estudiado ya en el instituto, así que asintió con la cabeza—. Irse al mar no es, necesariamente, irse a la playa.

—Mamá, no lo entiendo... —Y tras unos segundos de silencio pensante—. O sí. ¿Un crucero?

— Bobadas, niña, bobadas. Un crucero es un barco lleno de gente que baila, que bebe, que corre, que grita, que juega. Un espanto.

—¡Mamá, dímelo ya!

—Un faro —dijo por fin Mercedes en medio de una sonrisa que le ocupó casi toda la cara.

—¿Un faro? —preguntó Valeria, con las cejas tan arqueadas que sus ojos orientales se abrieron más que nunca.

—Un faro en medio del mar. Ni siquiera está en la costa como casi todos los faros. Está sobre un islote más pequeño que esta casa. ¡En medio del mar!

—En medio del mar… —repitió Valeria que no sabía si pensar que su madre estaba loca, o por qué alguien había construido un faro así, en medio del mar—. ¿De qué mar?

—Del mar de Noruega. Nos vamos a un faro en el norte del océano Atlántico.

—¿No es allí donde se hundió el Titanic? Mamá, allí hace mucho frío. El pobre Jack, el chico que interpretaba Leonardo di Caprio en la película, se congeló en el agua y se murió.

—Oh, Valeria, el Titanic se hundió por otro lado. Donde vamos nosotras no hay icebergs. Vamos, creo yo que no hay icebergs —dudó un momento.

—¡Mamá! —Valeria quería protestar pero ante el brillo de los ojos de Mercedes no fue capaz.

—Te encantará, ya lo verás.

—El faro.

—El faro y el mar de Noruega. Dicen que esa costa es preciosa. Agreste, sin vegetación.

—Suena precioso, sí —dijo Valeria irónicamente y casi para sus adentros—. ¿Y el faro ese está en una roca en medio del agua?

—Sí, pero no digas «en medio del agua». Agua y mar tampoco son sinónimos. Vamos a estar en medio del océano. Nada más y nada menos. Es excitante. —Y Mercedes se mordió otra de sus uñas, esta vez de la mano derecha.

—Mamá, no te muerdas las uñas que casi ya ni se te ven. ¿Y qué vamos a hacer allí, en medio del océano, durante..., ¿cuántos días?

—Diez.

—Pues eso, ¿qué vamos a hacer allí metidas? —Valeria se imaginaba dentro de un minúsculo faro, contando las olas como entretenimiento, como el que cuenta corderillos para dormir.

—Bueno, ya se nos ocurrirá cuando estemos allí. Pero podremos pescar, ver la puesta del sol. También podremos ver amanecer.

—Ya. ¿No es Noruega la tierra del sol de medianoche?

—Sí, claro, eso además.

—O sea, que ni amanecerá ni anochecerá —replicó Valeria mientras se puso a mirar por la ventana.

—¡Un faro en medio del mar! —exclamó Mercedes cada vez más y más encantada consigo misma por haber conseguido alquilarlo.

—¿Hay farero?

—No.

—¿No?

—¡No! No hay nadie en el faro. Dejó de estar habitado en 1987. Estaremos tú y yo solas en medio del mar. ¿No es emocionante?

—No.

LA HIDROFOBIA DE VALERIA

A Valeria le daba miedo el agua y no se sabía por qué. No el agua de beber o la de ducharse, esa no, que la chica era muy limpia y se ponía en remojo todos los días. Lo que le daba miedo era estar dentro del agua. En la piscina o incluso en la bañera cuando era pequeña. De chiquitina, cada noche, cuando Mercedes la bañaba, Valeria lloraba como una posesa, empezaba a patear dentro del agua con tal fuerza y tal desgarro que ponía todo perdido, y parecía que por el cuarto de baño hubieran pasado todos y cada uno de los caballos del ejército de Atila. Mercedes pensaba que la hidrofobia de la niña tal vez se debiera a algún trauma infantil que tuviera que ver con el momento en el que había perdido a toda su familia. Pero claro, eso era algo que no podría saberse nunca: Mercedes no creía ni en la hipnosis ni en el psicoanálisis como métodos de investigación de la mente humana. Como terapia práctica, dedidió mandar a Valeria a clases de natación desde que cumplió los cuatro años.

Cada martes y cada jueves, Valeria había ido a la piscina durante casi once años. Y cada vez, tenía que inspirar profundamente tres veces y decirse antes de zambullirse: «No pasa nada. No pasa nada. No pasa nada. Estar dentro del agua es lo más natural del mundo. Estar dentro del agua es lo más natural del mundo. Estar dentro del agua es lo más natural del mundo. Me lo voy a pasar muy bien y no me va a dar miedo. Me lo voy a pasar muy bien y no me va a dar miedo. Me lo voy a pasar muy bien y no me va a dar miedo». Y así, a fuerza de repetirlo, se lo acababa creyendo. Creencia que le duraba el mismo tiempo que la clase de natación, ya que en la siguiente sesión tenía que repetir lo mismo. Y así todos los martes y jueves durante once años. Su madre estaba convencida de que la terapia había funcionado, porque la chica no decía ni mu sobre la ceremonia ritual previa a su entrada en el agua.

Cuando Mercedes le preguntaba «¿qué tal la piscina?», ella se limitaba a decir: «muy bien, mamá, hoy he hecho veinte largos, cinco en cada estilo. Dice el profe que voy progresando adecuadamente». «¿No ves como es estupendo nadar? ¿A que ya no te da miedo?». Y Valeria callaba y sonreía como había hecho la primera vez que comprobó que el monito amarillo gruñía cuando le apretaba la tripa. Y su madre se creía que a Valeria ya no le daba miedo el agua. Se lo creía porque era lo mejor que podía hacer por dos razones: para estar tranquila, y para mantener su autoestima como psicoterapeuta.

Por eso, cuando Mercedes organizó las vacaciones en el faro, estaba convencida de que su hija estaría encantada. Y por eso mismo, Valeria no lo estuvo tanto.

Las veces, contadas, que fueron a la playa cuando Valeria todavía era una niña, casi siempre se quedaba en la arena haciendo castillos con sus fosos y sus torres en forma de cono truncado. Se acercaba al agua solamente para llenar el cubo de plástico rojo y seguir jugando. A lo sumo, se quedaba sentada en la orilla, con el flotador puesto por si acaso, y dejaba que las minúsculas olas que le llegaban, le mojaran las piernas y, como mucho, le llegaran hasta el culito. Pero nunca se metió dentro de aquella masa infinita de agua que, seguro, seguro, si se le levantaba la piel, dejaba ver toda suerte de monstruos marinos, y de mujeres con cola de pez. Y es que, durante su infancia, a Valeria le aterraba la idea de despertarse una mañana convertida en sirena. Es decir, en un ser que no se sabe muy bien si es una chica o una pescadilla con escamas y todo. A Valeria le daba dentera solo de pensarlo.

LARS Y WILLIAM

Un tren, tres aviones, un autobús, un barco y otro autobús llevaron a Mercedes y a Valeria hasta el pequeño puerto desde el que alguien las conduciría hasta su destino. Mercedes iba más contenta que unas castañuelas. Tanto que se compró una carísima crema solar en la tienda libre de impuestos del aeropuerto.

—Mamá, ¿para qué quieres esa crema? Si donde vamos, va a hacer un frío de mil demonios.

—Valeria, donde vamos hay sol hasta la medianoche. Y si me apuras, durante la noche entera. Además, el viento del mar quema mucho, ya sabes. Nos pondremos muy morenas, ya verás.

—Yo no quiero ponerme morena —protesto Valeria.

—Ahí te salen tus genes orientales, hija.

—¿Cómo dices?

—Pues eso, que las mujeres del país donde naciste van por la calle con sombrillas en cuanto ven un rayito de sol por leve y suave que sea.

Pasaron todo el día entre los diferentes medios de transporte que se habían inventado en el siglo XX. También cruzaron el fiordo en un *ferry*. A Valeria le hizo mucha gracia que la carretera terminara justo en la boca del buque y que este engullera el autobús junto con varias decenas de coches. Ya al otro lado del fiordo, volvieron a coger el bus que las dejó, una hora y diez minutos después, junto a un pequeño muelle donde no había nadie. Mercedes y Valeria se quedaron allí solas con sus dos maletas y sus dos mochilas llenas de comida. Habían entrado en un supermercado antes de tomar el autocar y se habían cargado de viandas. Eran las diez de la noche y aún había una luz más intensa que en los crepúsculos meridionales a los que ambas estaban acostumbradas. Los rayos del sol poniente bañaban los pequeños barcos que se mecían al ritmo que marcaban las olas que les llegaban por estribor. Casas de madera pintadas de colores vivos salpicaban la costa aquí y allá como amapolas y margaritas en un campo de trigo en primavera. Montañas de color rosado, no se sabía si por la luz del ocaso o por la composición de la roca, parecían poner límites al poder del océano. Y allí, en medio del azul, rodeado de islotes y recibiendo la pátina dorada del atardecer, como si de un regalo de los dioses se tratara, un torreón de color rojo parecía vigilar al mar, a la tierra y al cielo.

—Allí está —dijo Mercedes dirigiendo su brazo hacia el mar abierto.

—¿El qué? ¿Quién?

—¡Qué va a ser! El faro. *Kjeungskjaer fyr*. Allí en el mar. ¿No lo ves?

—¿Aquello es nuestro faro? ¡Madre mía! —exclamó Valeria, sin atreverse a confesarle a su madre que se estaba mareando solo de ver cómo los botes anclados se movían al compás de la danza del mar.

—¡Ya han llegado ustedes! —las sorprendió una voz masculina en inglés detrás de ellas. Una voz que provenía de un hombre alto, corpulento, con bigote, pelo rizado y claro, y gafas de metal.

—Sí, aquí estamos —contestó Mercedes y extendió su mano hacia la del hombre mientras se presentaba al desconocido.

—Pensé que venían en el siguiente *ferry*. Han llegado antes de lo previsto, por eso han tenido que esperarme. Lo siento. Me llamo Lars Nilsen y estoy encantado de que estén aquí. Es la primera vez que recibimos a personas de su país en el faro. Porque ustedes, son españolas, ¿no? —preguntó mirando los ojos rasgados de Valeria, que sonrió como siempre que alguien le preguntaba: «¿Hablas español?».

—Sí, sí, somos españolas. Las dos —contestó su madre.

—Ya, sí, ya veo. Bueno. ¿Ya han reconocido nuestra particular «catedral de la costa»?

—¿Llaman así al faro? —acertó a preguntar Valeria en su mejor inglés, que tendría que utilizar a partir de ahora cuando hablara con alguien que no fuera su madre.

—Sí, cuando estemos allí lo verán mejor y entenderán por qué. Es una torre octogonal y parece la torre de una iglesia. Para los hombres del mar era un lugar sagrado por dos motivos.

—¿Cuáles, señor Nilsen?

—Llámeme Lars, Mercedes, por favor —Y ella pensó que pronunciaba las sílabas de su nombre de una manera deliciosa—. Los dos motivos eran: primero, que su luz los protegía de los peligros del mar; segundo, que cuando lo veían les anunciaba que estaban ya cerca de casa. Había marineros que vivían aquí donde estamos, y otros que vivían dentro de las zonas del fiordo por donde han venido. Campesinos que completaban su exigua economía invernal con la pesca, allá en el norte del país, en las islas Lofoten, a muchas millas marinas y a varias jornadas de aquí. Cuando veían el faro, era como estar ya en casa. Avistarlo era como reconocer la torre de una iglesia, de una catedral. La «catedral de la costa». ¿Saben?, la vida era muy dura en aquellos años. Ahora somos un país muy rico, pero antes no. Pueden imaginar el invierno en estas tierras hace cien años y antes: todos los campos cubiertos de nieve, sin tiendas para comprar comida... Los campesinos tenían que emigrar al norte y convertirse en pescadores. Iban en barcos más o menos del tamaño de estos que tenemos por aquí, pero de vela. Y tenían que usar los remos cuando no había viento. Duro. Muy duro. Mi abuelo me contaba muchas cosas de cuando era joven e iba en aquellos barcos camino del norte. Camino del norte: *Norveg*. Ese es el origen del nombre de Noruega. En la lengua antigua era así: *Norveg*, que significa el «camino del norte». *Nor* es norte, y *veg* es camino. Ya has aprendido dos palabras en noruego, Valeria.

—Sí.

—Ahora este es un país muy rico, sí —comentó Mercedes—. Y muy caro. Nos hemos gastado un dineral en el supermercado y solo hemos llenado estas dos mochilas.

—Me he permitido dejarles varias latas con comida en la cocina del faro, algunas cosas que pueden necesitar. Y té y café. Mi hijo y yo hemos estado esta mañana organizando todo para que lo encuentren a su gusto. También les hemos preparado un bote que luego verán, por si quieren hacer excursiones a los islotes que hay alrededor. Con mucho cuidado, eso sí; hay muchas rocas y es fácil encallar y naufragar. En estas costas ha habido siempre muchos accidentes. Si quieren venir a la costa, deben hacerlo siempre a este puerto.

También hay muchas rocas en las playas. No se ven y son muy peligrosas. Nos pueden llamar al chico o a mí. Él está de vacaciones y le encanta el faro y navegar por esta costa.

—¿Cuántos años tiene su hijo? —preguntó Mercedes.

—Justo ayer cumplió los diecisiete.

—¿No ves, Valeria? Hay chicos de tu edad. Seguro que pueden navegar juntos algún día, ¿verdad, Lars?

—Seguro que William estará encantado.

Valeria vio aparecer a un muchacho que se les acercaba sonriente y con andar muy desgarbado.

—Ahí viene el muchacho. Este es mi hijo William —presentó Lars mientras lo agarraba del cuello por detrás.

William estrechó la mano de las dos mujeres sin apenas rozarlas. Un detalle que no le gustó a Valeria y que dejó indiferente a Mercedes, que ya sabía que los escandinavos no aprietan la mano a la manera española cuando saludan. Valeria observó que William llevaba un pequeño tatuaje en el hombro izquierdo.

—¿Te has fijado, Valeria? Ya les he dicho que William es un entusiasta del faro. Tanto que lo lleva tatuado en el hombro desde hace dos años.

—Fue el regalo de cumpleaños de mis padres.

—¿De tus quince años? —preguntó la chica.

—Sí.

—A mí mi madre me ha regalado esta sortija que era de su abuela y este viaje a Noruega. Por mi cumple y por haber sacado buenas notas —explicó.

—Mi madre murió el año pasado —dijo el chico, bajando la mirada hasta más allá del suelo.

—Vaya, lo siento —Valeria nunca sabía qué decir en esos casos. Bueno, ni ella ni nadie.

—Bien, William nos va a llevar al faro, ¿verdad hijo? —dijo Lars cambiando de tema.

—Sí, claro. Voy a conducir yo. Vamos a ir en mi barco.

—¿Tu barco? —preguntaron las dos mujeres al unísono.

—Mi padre me lo regaló ayer por mi cumpleaños. Es el viejo barco de mi abuelo. Lo vamos a estrenar ahora. Este va a ser su viaje inaugural.

—Lo he estado restaurando durante toda la primavera en secreto, y ha quedado como nuevo. Estoy muy orgulloso de mi trabajo. —Y Lars se miró las manos. Unas manos poderosas, fuertes, en las que Mercedes había reparado desde el primer momento.

—Esperemos que no se hunda por el camino en su viaje inaugural, como le pasó al Titanic.

Cuando Mercedes nombró al Titanic, su hija se acordó del pobre Leonardo di Caprio congelado en las aguas del Atlántico Norte y le dio un escalofrío que le llegó hasta los tobillos.

—Ve a coger las llaves del faro, William. Están en el cajetín del escritorio.

William se dirigió al enorme almacén del que había salido minutos antes. Caminaba con el cuerpo hacia delante y la cabeza mirando al suelo, justo como Valeria había aprendido desde niña que no se debe hacer.

—Ahí dentro hay cosas muy interesantes que ver. En realidad es un museo de recuerdos de la Segunda Guerra Mundial. Ese almacén fue una prisión durante la contienda. Ahí vivieron y murieron muchos soldados rusos. —Valeria abrió unos ojos como platos. Bueno, es un decir, en realidad, ella no podía abrir los ojos como platos—. Pero esa es otra historia. Ya es muy tarde, estarán cansadas y deseando alojarse.

Mañana o pasado, cuando quieran, nos llaman y vamos a buscarlas para que lo vean; o vienen en el barquito, como quieran.

—No sabemos conducir un barco —dijo Valeria. Su madre le lanzó una mirada paralizante y la chica no continuó por ese camino—. Quiero decir que yo no sé conducir un barco.

—No pasa nada, es un bote de remos y está incluido en el precio del alquiler. Su manejo es muy fácil.

—¿Un bote de remos? ¿Nos va a dejar en medio de un océano sacudido por todos los vientos con la sola compañía de un bote de remos? Mamá, yo me quedo aquí. Yo no voy al faro.

—Anda niña, no seas exagerada. El bote es para ir a esos islotes que se ven al lado. Están a pocos metros. ¿No los ves? Cuando queramos venir, llamamos a William o a Lars y ya está.

—Ya está —repitió Lars como si fuera un eco de Mercedes—. Ahora debéis poneros esto.

Lars entregó sendos chalecos salvavidas a Mercedes y a su hija.

—No se los quiten mientras estén en el mar. Y pónganselos siempre que salgan del faro, aunque sea a la puerta. El mar puede golpear sin previo aviso.

Valeria se sentó y empezó a decirse para sus adentros más profundos aquello que se decía antes de lanzarse al agua de la piscina. Solo que en esta ocasion no repitió las frases mágicas tres veces sino treinta y dos, todo el tiempo que duró el trayecto desde el puerto hasta el faro: «no pasa nada, no pasa nada, no pasa nada, no pasa nada, no pasa nada, no pasa nada, no pasa nada...».

EL FARO

Efectivamente, *Kjeungskjaer fyr* estaba en medio del mar. Los islotes que tan cercanos parecían desde tierra, no lo estaban tanto. La torre octogonal se iba haciendo más y más grande a medida que el barco se iba acercando, hasta que quedó justo encima. Lars miraba el entusiasmo de Mercedes, y los destellos de sus ojos a la luz del sol poniente le recordaron la primera vez que él llegó a ese mismo lugar. Entonces era muy niño y se había quedado con la boca abierta al contemplar la catedral de la costa desde el mismo punto en que se hallaba en ese momento. Solo que ahora estaba junto a dos mujeres desconocidas que habían llegado desde los confines de Europa.

Valeria se puso de pie en el bote y dejó de repetirse aquello de «lo más natural del mundo es...». Apenas le dio tiempo de inclinarse en la borda y de vomitar fuera todo lo que llevaba en el estómago. El mareo que la había amenazado durante el trayecto dio su fruto cuando se vio debajo de la majestuosa torre roja cuya cúspide era una enorme bombilla. Parecía la torre de un enorme monasterio sagrado cuyo templo fuera el mar en toda su inmensidad. Se sintió más pequeña que nunca y más vacía que nunca, especialmente después de haberse quedado sin nada en las tripas. Deseó haber tenido su monito amarillo en la mano para apretarlo entre sus dedos, pero, ay, estaba en la maleta.

El sol se había escondido detrás de una nube gris, y el rojo del faro ya no brillaba tanto como antes. El mar tampoco era ya tan azul como hacía un rato, y se había convertido en un piélago oscuro en cuyas profundidades seguro que habitaban enormes monstruos marinos. Y aquellas terribles sirenas que tanto habían disgustado a Valeria durante su infancia.

Lars y William amarraron el bote en el pequeño muelle donde se balanceaba la barca de remos. La marea estaba bastante baja y hubieron de subir varios peldaños de la escalera metálica que los acercaba a tierra. Si es que podía llamarse tierra a aquella roca sobre la que se erigía el faro. Una roca o islote que, como había dicho Mercedes, tenía una superficie bastante menor que la de su piso en Zaragoza.

La puerta estaba situada a la izquierda de la torre. William sacó de su bolsillo el manojo de llaves y se lo entregó a su padre. Lars introdujo una llave enorme en el cerrojo, y luego otra más pequeña en otro agujero casi escondido. La puerta se abrió emitiendo un chirrido que parecía un lamento.

—Nunca me acuerdo de traer aceite para suavizar las bisagras —se excusó Lars.

—Parece que la puerta llore al abrirse —musitó Valeria junto al oído de su madre.

—Tú siempre con tus fantasías. Le falta aceite. No llora. Las puertas no lloran —afirmó Mercedes.

—Pues esta parece que haya llorado. A lo mejor no le gusta que vengamos aquí a molestarla.

—Tonterías —dijo Mercedes mientras entraba en el cuarto al que se accedía desde la puerta.

—Encenderé las luces. Esto está bastante oscuro —comentó Lars—. Es la parte más oscura del faro. No hay ventanas. Aquí está la escalera. —Y señaló unos peldaños muy empinados que se veían a la derecha—. Subamos.

Él lo hizo primero, para abrir camino; luego Mercedes, que tenía los ojos y la boca muy abiertos. Después la muchacha, que arqueaba las cejas sorprendida y temerosa de pensar que iba a tener que dormir allí dentro. Y por último, William.

—Te va a encantar. Ya lo verás —le dijo mientras subían.

—Ya. Va a ser muy interesante —acertó a contestar Valeria, al tiempo que se golpeaba en la cabeza con un saliente del techo—. ¡Ay!

—Ten cuidado, niña. Antes la gente era más bajita —le dijo William en un tono que a Valeria no le gustó.

—¿Te has hecho daño, hija?

—No, no, no ha sido nada. No me he dado cuenta de que este techo no es como los demás.

—Estamos en un faro, jovencita, no en una casa en tierra firme.

—Ya, ya me había dado cuenta, Lars —concedió la muchacha.

Habían llegado al primer piso, donde estaban la cocina, el baño y los dos dormitorios que iban a usar.

—Este va a ser vuestro apartamento durante estos días. Arriba hay mucho más. De hecho, la terraza está en el siguiente piso, pero os hemos acomodado en esta parte, es más agradable, y la cocina y el baño están aquí mismo. Estaréis más cómodas. Además, aquí todo es más grande. Os enseñaré la terraza y nos iremos. Se está haciendo muy tarde y mañana hay mucho que hacer.

—No lo dirá por nosotras —replico Valeria—. Me refiero a lo de «mucho que hacer».

—No, me refiero a nosotros dos. Tenemos faena en tierra. Pero vamos arriba.

Dejaron las maletas en los dormitorios y las mochilas en la cocina, y subieron otro tramo de escaleras. Llegaron a otro piso en el que había más cuartos con camas y una salita con sofá. Al otro lado, una terraza. Lars abrió la puerta con una de las llaves.

—Aseguraos de que la dejáis siempre cerrada. El viento puede ser muy fuerte y puede golpear la puerta si no está perfectamente sellada. Vaya, hay un cielo especialmente hermoso esta noche —dijo mientras invitaba a los demás a salir con un gesto de la mano.

Efectivamente, el sol ya escondido al otro lado del mar lanzaba sus rayos anaranjados hacia la superficie del agua, que adquiría de nuevo un tono dorado. Las nubes grises habían desaparecido hacia el este, y el oeste lucía de nuevo resplandeciente, a pesar de que la medianoche se acercaba.

—Aquí podremos tomar el sol —asintió Mercedes—. Es un lugar perfecto para leer, descansar y contemplar el mar.

—Sí que lo es. Mi abuelo solía salir aquí a fumar su pipa.

—¿Su abuelo vivió aquí?

—Sí. Mi abuelo y mi padre fueron los últimos fareros de *Kjeungskjaer fyr*. Y ahora nos vamos. ¡William! ¿Dónde estás?

—Aquí, padre —contestó desde el piso de abajo—. Ya subo.

—Se ha parado el viento y está precioso el mar —dijo Valeria—. Más que antes.

—El tiempo cambia muy rápidamente ahí fuera —le comentó el chico que salía ya a la terraza—. ¿Has visto esos islotes de ahí delante? Están llenos de pájaros. Ahora es la época de cría y hay muchos nidos. Si quieres, mañana por la tarde podemos ir a pescar. ¿Te apetece?

—Pues, no sé. —Valeria no estaba segura de que le apeteciera ir de pesca con un chico tatuado—. ¿No será peligroso? Tu padre ha dicho que hay muchas rocas.

—Iremos con mi barco. Conozco cada palmo de esos islotes. No te preocupes. No pasará nada.

William había pronunciado la frase sagrada de Valeria. Si esas palabras salían de su boca, era seguro que no iba a pasar nada. A pesar del tatuaje.

—Vale. Mamá, mañana iré a pescar con William a los islotes de ahí enfrente.

—Estupendo. Yo me quedaré aquí sentada toda la tarde.

Entraron de nuevo y pasaron por la salita del sofá. Estaba decorada de una manera muy sencilla, con los viejos muebles que había dejado el último farero, allá por 1987, cuando los faros de la costa noruega se automatizaron, y el viejo y sagrado oficio de farero desapareció. De las paredes colgaban algunos cuadros del faro, que estusiastas pintores habían regalado a la «catedral de la costa». Valeria había traído con ella sus acuarelas y un cuaderno en el que quería pintar durante sus vacaciones. Un viejo mascarón de proa se apoyaba en una de las esquinas junto a la ventana: representaba a una mujer hasta que llegaba a la cintura y se convertía en pescado. A Valeria le dio un escalofrío: tendría que convivir con una sirena durante aquellos días. De madera y vieja, pero sirena al fin y al cabo. En una pequeña vitrina había objetos que alguna vez habían sido nuevos y por los que la pátina del tiempo había transitado con desigual resultado: tazas con florecillas pintadas, un par de cucharillas de plata con espirales en el mango, una figura de porcelana que a Valeria le llamó especialmente la atención. Era una mujer con un vestido largo y un extraño tocado en la cabeza. Sus ojos eran rasgados, su cara blanca y redonda. Como ella. Parecía muy antigua pero aún conservaba algunos de los colores con los que había sido pintada mucho tiempo atrás: verde, marrón, y amarillo sobre fondo blanco. A Valeria le volvió a dar otro escalofrío, pero distinto del anterior. Este no era de fobia a las sirenas. Este era diferente. No sabía en qué sentido, pero lo notó distinto. Las manos de aquella mujer inmóvil parecían moverse en un gesto lleno de gracia, como si estuviera bailando. Era un gesto que ella repetía siempre en sus clases de baile, y que la profesora le corregía porque con las manos así, como ella las ponía, no se bailaban las sevillanas. Pero el artista que había modelado aquella estatuilla había retratado el mismo movimiento de las manos que a Valeria le salía desde el interior de su alma. Tragó saliva y buscó la mirada de su madre. Pero Mercedes estaba muy entretenida hablando con Lars en el piso de abajo. Los únicos ojos que encontró fueron los de William.

—Se parece a ti.

Valeria sonrió.

—Los que sois occidentales decís que todos los chinos son iguales. Y a los chinos les pasa igual: todos los occidentales les parecéis iguales.

—¿Por qué hablas en tercera persona? ¿Tú eres china o española?, ¿de dónde eres?

—Nací en China, pero mi madre me adoptó cuando era muy pequeña. No me acuerdo de nada de mi vida en China. Así que no me preguntes. Soy española, europea como tú, pero tengo los ojos rasgados y la piel blanca, porque también soy asiática.

—¿Sabes? Mi abuelo fue marino antes de ser farero. Viajó por todo el mundo. También por China. Esta estatuilla la trajo de allí. Era de él. Siempre la tuvo consigo. Por alguna razón le era muy especial. Por eso la mantenemos aquí, en el faro, y no en tierra firme.

—Pues si es «tan especial» yo la tendría en mi casa, cerca de mí, y no en un sitio perdido como este.

—Este no es un sitio perdido —protestó William—. Es un lugar sagrado para mi familia desde hace generaciones.

—Parece muy antigua.

—Probablemente lo es. Sí. ¿Has visto la foto de mi abuelo?

—No, ¿cuál es?

—Esta ahí, detrás de ti.

Valeria se volvió y se encontró con el retrato en primer plano de un hombre arrugado, con su gorra de marino y su pipa en la mano. Sonreía a la cámara, pero su sonrisa estaba teñida por un velo de melancolía tal que daban ganas de acariciar su rostro. A Valeria le dio un tercer escalofrío al ver la cara de aquel hombre que había surcado los mares y que había llegado hasta el mar de China. A aquel lejano mar, y a aquellas lejanas tierras de las que ella también había salido para encontrarse con la mirada del viejo farero en un lugar perdido en medio del océano.

LA PERLA BLANCA

Por la mañana, William se levantó muy temprano y lo primero que hizo fue asomarse a la ventana de su habitación. Desde allí se veía el faro en toda su majestuosidad. El día estaba claro y el cielo no lo surcaba ninguna nube. William sonrió. Las mujeres estarían contentas. Lars y William vivían en una casa blanca que había conocido mejores tiempos. Se erigía en la costa, en un lugar inhóspito donde no había más construcciones que el almacén donde guardaba Lars el tractor, las patatas y el trigo que recogían en verano, y una pequeña casita donde siempre habían estado los aperos de labranza y algunos aparejos de pesca. Esa mañana tocaba terminar de pintar la casa, como debían hacer cada cuatro o cinco años. El viento marino la azotaba muchas veces de forma virulenta. A la madera había que tratarla y pintarla a menudo para que la casa no se cayera a pedazos.

El día anterior se le había olvidado decirle a Valeria que desde la ventana de su habitación, desde la cocina y desde la sala del faro se podía ver su casa. Y con los prismáticos lo podría ver a él pintando, subido en el andamio. Pero no importaba, ya se lo diría por la tarde, cuando se encontraran para ir a pescar. William había dormido de un tirón desde que se acostó nada más llegar al faro. Ni siquiera había abierto el libro que llevaba varios días leyendo.

Bajó las escaleras y se presentó en la cocina, de donde ya salía un olor maravilloso a huevos con beicon que su padre estaba preparando para el desayuno.

—Buenos días, padre. ¿Has dormido bien?

—Estupendamente, no me he despertado hasta hace diez minutos. El sol me ha dado directamente en la cara. Anoche me olvidé hasta de correr la cortina. Creo que esta mañana podremos terminar de pintar. No va a llover y solo nos queda la cara oeste y la norte. Entre los dos acabaremos enseguida.

—Está quedando preciosa.

—Sí, ya sabes que la idea de pintarla blanca fue de tu madre. Ella quería que pareciera una perla desde el mar. Que todos cuantos pasaran en sus barcos la vieran y se preguntaran quién viviría en la perla blanca. Nunca se le ocurrió que también moriría en esta casa.

—No te acuerdes de esas cosas, papá.

—Solo hace un año, William. El tiempo pasa deprisa y me parece que aún esta ahí, sentada donde estas tú ahora. O en el sillón. O en la cama, de la que ya nunca se levantaría. Cuando me despierto por las mañanas, me parece oirla cantar en la cocina, como hacía siempre hasta que enfermó y dejó de cantar.

—No te acuerdes de esas cosas, papá —repitió William—. Intenta recordar las vivencias hermosas que tuvisteis juntos.

—Entonces aún me pongo más triste porque sé que no volverán.

—Pues piensa en otras cosas. En las visitantes del faro, por ejemplo. No parecen muy acostumbradas a la vida en el mar.

Parece que a la chica le da miedo el agua —dijo William arqueando las cejas.

—Son personas de ciudad. Viven vidas diferentes a las nuestras. Valeria es muy bonita, ¿no te parece?

—Sí, y su madre también —dijo William con una media sonrisa.

—Venga, acaba el desayuno y vamos a terminar de pintar la casa.

—«La perla blanca», parece el nombre de un barco pirata, ¿a que sí?

—¡Barcos piratas!... Bah. Te gustó el manejo del barco del abuelo ¿verdad?

—Es una maravilla, papá. No sé cómo darte las gracias por todo el trabajo que te has pegado con él. Y sin decirme ni una palabra.

—Lo tuve en el almacén de Jørgen hasta que lo terminé. ¿Nunca sospechaste nada?

—No.

—Bueno, pues ahora me lo vas a pagar de un tirón. Hala, a fregar los platos y luego a pintar.

La casa blanca había pertenecido a los padres y a los abuelos de Lars. Durante más de cien años, había sufrido los avatares del tiempo que pasa, y del tiempo atmósferico. Era una pequeña casa de campesinos pescadores de la costa. Abajo estaba la cocina y una sala a la que se le habían arrancado unos metros para construir el cuarto de baño cuando Lars ya era todo un hombre. Antes, tales modernidades no existían y uno hacía sus necesidades en una caseta exterior dotada de un agujero que iba a parar a un pozo negro. En el piso de arriba, abuhardillado, estaban los dos dormitorios y otra pequeña sala, en la que ahora estaba el ordenador y la biblioteca de padre e hijo. El suelo crujía al caminar y enseguida se sabía si alguien andaba por el piso superior. No era una casa rica, nunca lo había sido. Antes de ser farero, el abuelo de Lars había completado su economía familiar con la pesca, como tantos y tantos hombres que hicieron el camino del norte durante siglos.

En cambio, la familia de Inger, su mujer, no pertenecía a la costa. Inger era una chica de ciudad que había cambiado su trabajo en una oficina estatal para acompañar a aquel hombre guapo, fuerte e intrínsecamente bueno que era Lars. Lo había dejado todo para irse a vivir a aquel agreste y a la vez bellísimo rincón del mundo. Para vivir y para morir. Había luchado contra la enfermedad durante más de diez años. Había vencido muchos envites, pero ella continuaba fuertemente anclada a la vida, a la suya, a la de su marido y a la de su hijo. Como una roca a la que azota una y otra vez la tempestad y el oleaje marino, pero que allí permanece, quieta e inamovible. Así fue durante esos diez años en que William fue niño, luego púber y por fin adolescente. Así fue hasta que la enfermedad la abatió en forma de último suspiro. En su cama, en su habitación, en la que fue su casa durante muchos años. En el pequeño espacio al que se redujo su vida en los últimos meses. Cada vez más diminuta y acurrucada en una cama que le parecía más y más grande. Lars y William seguían comiendo con los cubiertos de plata que ella había traído cuando se casó, y que habían pertenecido a sus padres. Y con la vajilla de porcelana finlandesa que alguien les regaló para su boda. En la pared oeste del salón colgaban dos viejos cuadros: uno de ellos representaba una granja de montaña en invierno; el otro, el faro omnipresente en cada rincón. En la pared de enfrente, dos cuadros modernos que Inger había comprado en alguno de los viajes que hacía a la ciudad para respirar aire sucio, como ella solía decir. A veces se ahogaba ante tanta soledad y ante tanto mar. Y especialmente en invierno, necesitaba volver al bullicio de la capital, a las calles llenas de gente, a las luces de las farolas y a las terrazas con niños comiendo helados a pesar del frío. Incluso a los mendigos sentados en el suelo que mostraban la palma de la mano, con la esperanza de que alguien pusiera dentro alguna moneda. Pero se cansaba enseguida y regresaba a su casa. A la perla blanca. Cargada de regalos para Lars y para William, que no la acompañaban porque siempre había trabajo para el primero, y porque el segundo tenía que ir a la escuela. Cuando el autobús se acercaba a la costa, sus ojos buscaban alternativamente dos cosas: el faro rojo en medio del mar, y la perla blanca en la orilla. Entonces sus ojos se llenaban de lágrimas de alegría porque sabía que ya estaba en casa.

PRIMERA NOCHE EN EL FARO

Mercedes y Valeria también se habían acostado enseguida. Lo que tardaron en quitarse la ropa y ponerse los pijamas. Mercedes se quedó dormida antes de que William y Lars llegaran a tierra.

Valeria tardó más tiempo. Su habitación daba al este, así que los rayos del sol le dificultaban el sueño. Cerraba los ojos, pero la luz le entraba a través de sus párpados casi transparentes. Además, tenía la cabeza llena de imágenes y de pensamientos: el rostro de William, que era un chico bastante guapo a pesar de su manera de andar tan poco correcta, y de su tatuaje. El hecho de estar metida dentro de un faro del que no podía salir tampoco la ayudaba a conciliar el sueño. Y luego estaba aquella estatuilla china, con las manos en la extraña posición que a ella le era tan familiar. Y el retrato del viejo farero. Todo ello se agolpaba en su mente y no la dejaba caer en los brazos de Morfeo. Unos brazos en los que solía mecerse sin dificultad desde hacía años. Concretamente desde que cumplió los seis y se le pasaron aquellos terrores nocturnos que tanto habían preocupado a su madre, y que a ella la hacían vomitar una noche sí y la otra también. Unos terrores de los que no se acordaba cuando, a la mañana siguiente, se despertaba relajada, tranquila y con una sonrisa de oreja a oreja como si hubiera soñado con aves del paraíso y con tortillas de calabacines que, en aquellos años, era lo que más le gustaba comer.

No habían cenado nada, tenía hambre, y se levantó sin hacer ruido. No tenía que pasar por el dormitorio de su madre para ir a la cocina, así que no la despertaría. Fue hasta la nevera y cogió un trozo de queso. Cortó una rebanada de pan y se sentó frente a la ventana para comer su medio bocadillo. El pan estaba lleno de pipas de girasol y le supo delicioso. Al otro lado de la ventana, le pareció que había luces en algunas casas junto al muelle. Paseó su mirada hacia el norte, recorriendo la costa y le llamó la atención una casa solitaria junto al mar. Miró el reloj. Eran las dos y diez de la mañana. Era blanca, pero con el sol que se reflejaba en ella, parecía una perla. Una perla blanca, pensó, bellísima, allí lejos, junto a la orilla. Terminó de comer y se acercó a la ventana. No, no había luces en las ventanas de las casas como le había parecido unos minutos antes. Era el sol que se reflejaba en los cristales y los iluminaba. En la casa blanca pasaba lo mismo. Los rectángulos dorados parecían adornos de oro en una perla, pensó. Y enseguida dejó de pensarlo porque le pareció una asociación tonta, hortera, incluso. Volvió a su habitación, sacó el monito amarillo de la maleta y lo acarició sin apretarle la tripa. Pensó que ya era un poco mayor para seguir aferrada a aquel viejo y descolorido muñeco. Se acordó de la estatuilla china, que también había perdido parte de sus colores y se metió en la cama. Cogió el libro que había dejado en la mesilla y lo abrió. Había tanta claridad que no necesitó encender la luz.

Se quedó dormida con el libro abierto. Soñó con viejos marinos en viejas naves de velas amarillas. Marinos que compraban monos enanos en mercados de algún remoto país más allá del mar. Soñó con damas de largos vestidos verdes y ojos delgados como cuchillos.

Se despertó cuando su madre pasó por su habitacion para ir a la cocina a preparar el desayuno.

—Buenos días, Valeria. Bienvenida a nuestro primer día en el faro. ¿Qué te apetece desayunar?

—Buenos días, mamá. —Le dio un beso en la mejilla a su madre—. Pues..., pues me apetece un huevo frito con beicon.

—¡Pues un huevo frito con panceta para mi niña!

Y es que a Mercedes no le gustaba que a la panceta se la llamara beicon. A no ser que se estuviera hablando inglés. Si hubiera invitado a Lars a desayunar, a él si le habría dicho beicon en vez de panceta. Pero no era el caso. No, definitivamente, no era el caso.

EL PRIMER DÍA EN EL FARO

La mañana pasó entre deshacer las maletas y descubrir algunos rincones del faro que Lars no les había mostrado cuando llegaron. El faro tenía un total de seis pisos si incluimos la cabina de la pantalla iluminadora. Para acceder había que pasar varios estadios intermedios.

En el primer piso, nada más entrar, había un comedor decorado con viejas fotos del edificio y de sus visitantes; el más egregio, el del actual príncipe heredero, de cuya visita pocos años atrás se guardaba también una placa conmemorativa. En el segundo piso estaban alojadas Valeria y su madre; además de los dos dormitorios, la cocina y el baño se encontraban también allí. El tercer piso guardaba la biblioteca unida al salón con la vitrina de la estatuilla china, así como otros dos dormitorios y la terraza. Entre los cuadros, hubo uno que llamó poderosamente la atención de Mercedes: una página de periódico enmarcada. La fecha, el 6 de agosto de 1880. El periódico se llamaba *Dagbladet* («La hoja del día» en noruego) y estaba editado en Kristiania, que era el viejo nombre de Oslo, la capital. Se preguntó por qué habrían guardado precisamente esa página de una manera tan especial; intentó leer algo, pero lo único que entendió y que le resultó familiar fue un nombre: el del escritor norteamericano Henry James, de quien el diario publicaba por entregas los capítulos de una de sus novelas. Le hizo gracia pero no comentó nada a Valeria.

Subieron al cuarto piso y allí encontraron dos dormitorios con literas, más fotos del faro, y dos estufas de hierro, como las que habían visto en los pisos inferiores. Mercedes pensó que si hacía frío tendrían que calentar al menos la parte del faro en la que iban a vivir, y que se le había olvidado preguntar a Lars cómo hacerlo.

En el quinto piso solo había una habitación con una gran cama con dosel, como las de las princesas de los cuentos, pensó Valeria, que estornudó por la sensación de humedad que había especialmente en aquel cuarto. El resto del piso era diáfano. Bajo las escaleras, descubrió varios rincones escondidos entre el techo abuhardillado y el suelo. Pensó que aquel habría sido el lugar preferido por los niños que durante varias generaciones habían vivido también en el faro. Ella siempre había deseado tener un lugar así en su casa, un desván como los de tantas novelas que leía, lleno de objetos misteriosos y de recuerdos de pasados ajenos. Le llamó la atención especialmente una ventana inclinada casi a ras de suelo. Se le ocurrió que sería estupendo tumbarse bajo el cristal por la noche y contemplar las estrellas. Pero enseguida se acordó de que en Noruega en verano no había ni noche ni estrellas. Se sonrió ante su pensamiento y siguió recorriendo con su mirada el resto de la sala. Había objetos cuya función desconocía, pero no preguntó nada a su madre, que observaba absorta la decoración del dosel de la cama matrimonial.

Por fin llegaron al último nivel, donde estaba el faro propiamente dicho: la cabina de cristal con los paneles reflectantes en su interior. La puerta estaba absolutamente cerrada y no se podía acceder. Salieron al corredor exterior que la rodeaba. El viento azotaba fuerte y tuvieron que agarrarse a la barandilla para no ser zarandeadas. La bandera noruega ondeaba y emitía el sonido agudo de la tela a punto de rasgarse. Al menos así le pareció a Mercedes.

—¿Y la bandera? Ayer no me di cuenta de que estuviera cuando llegamos con el barco —preguntó Valeria.

—La puso Lars. Según me dijo, cuando el faro está habitado tiene que estar puesta, y así los barcos que pasan saben que hay gente dentro.

—Algo así como la bandera del palacio de Buckingham en Londres, ¿no? Que cuando está en el mástil quiere decir que la reina de Inglaterra se encuentra en casa.

—Algo así, sí. Eso, eso. Ahora, nosotras somos las reinas de este palacio —bromeó Mercedes—. El palacio del mar.

—Catedral, mamá.

—Lo dejaremos en faro. Somos las «*ladies* del faro». Sin más.

—Sin más y sin menos —dijo Valeria—. Mira, mamá, se acerca una barca.

—Sí, supongo que es un sitio muy popular entre la gente que tiene yates por aquí. Aunque... —observó—. Me parece que es William. ¿No habéis quedado para ir a pescar?

—Sí, pero no tan pronto.

—¡Son casi las dos! —exclamó Mercedes mientras miraba el reloj que había jurado que no se pondría durante sus vacaciones—. Nos hemos levantado muy tarde. Sí, sí que es él. Al menos es su embarcación. El viejo barco de su abuelo.

Ya cerca del islote, William levantó la mano derecha del timón, y saludó a las dos mujeres que lo miraban bajo la bandera, con los cabellos revueltos por el viento. Él y su padre habían terminado de pintar la casa poco antes, y Lars le había dicho a su hijo:

—¿Por qué no te acercas ya al faro y les llevas un poco de carne de alce? Seguro que no la han probado y les hará ilusión. Además, ayer me olvidé decirles como funciona la estufa. Me voy haciendo viejo, ¿cómo pude olvidarme de una cosa así?

—Hacía calor anoche, papá. Yo tampoco me acordé de la calefacción.

—Sí, eso será, el calor. Pero estamos en Noruega y calor, lo que se dice calor, por la noche, y en la costa, nunca hace. Es que me estoy haciendo viejo. Pero ya está. No pasa nada.

—¿Por qué no vienes conmigo, papá?

—No, no. No quiero ser pesado. Ellas han venido a descansar, sobre todo la madre. Están de vacaciones. Acaban de llegar. No quieren visitantes que puedan ser inoportunos. Contigo es difrente. Valeria es una jovencita que puede aburrirse ahí metida. Además, habéis quedado para ir de pesca. Y yo tengo que recoger todo esto. —Señaló los cubos de pintura y todos los restos del trabajo que habían hecho—. Tengo trabajo. Además, he de ir a comprar pintura para el alero. Lo pintaré otro día.

—De acuerdo, papá, como quieras.

—Baja al sótano y de la nevera grande coge una de las bolsas con el cartelito de ALCE. Lleva también un poco de queso marrón y simientes de enebro, que están en la cocina, para la salsa. Patatas y cebollas tienen ya.

—¿Y si nos invitan a cenar el alce con ellas? ¿Aceptarás?

—Sí, claro, aceptaremos los dos. En ese caso, me llamas, cogeré el otro bote y me reuniré con vosotros.

William amarró la embarcación y enseguida llamó a la

puerta. Mercedes y su hija habían bajado ya dos tramos de escalera cuando oyeron el timbre.

—Caramba, hasta hay timbre y todo. Esto sí que tiene gracia. ¡Qué falta haría un timbre aquí! —comentó Mercedes.

—Buenos días —saludó William en cuanto Valeria le abrió la puerta—. ¿Qué tal la primera noche en el faro?

—Bien, muy bien. Se oían las olas desde la cama. Ha sido como dormirse bajo el ritmo de una nana, ¿verdad Valeria?

—Bueno, a mí me costó mucho dormirme —musitó Valeria, a la que la asociación de las olas con una nana infantil no se le hubiera ocurrido nunca.

—Os he traido algo de comida de parte de mi padre. Algo muy especial. Algo que probablemente no hayáis comido nunca. Por si acaso no pescamos nada. —Sonrió mirando a la chica, que se encogió de hombros a la vez que enarcaba las cejas—. Es alce. Carne de alce.

—No parece algo muy marino, ¿no? —preguntó divertida Mercedes.

—¿Son esos bichos enormes de grandes cuernos que hemos visto en algunas señales de tráfico? —inquirió Valeria.

—Sí, esos son. Hay muchos por los bosques y son peligrosos si se te cruzan en la carretera cuando vas conduciendo. Cerca de casa hay bastantes, y algunas veces nos hemos encontrado alguno en nuestro jardín, al atardecer. Esta carne es de un alce que cazó mi padre el otoño pasado. Está muy rico con salsa de enebros, también os he traído los ingredientes. —Y, ya en la cocina, sacó de su mochila las especias.

—Seguro que estará delicioso. Pero aquí hay mucha carne. La haremos mañana y venís tu padre y tú a compartir la comida con nosotras, ¿de acuerdo?

—Estupendo, mi padre estará encantado.

Y Mercedes también estaba encantada con la amabilidad de sus anfitriones. Claro que también pensaba que había hecho un viaje muy largo, y había elegido unas vacaciones en un faro aislado para tener unos días solitarios, relajados, tranquilos sin nadie más que Valeria alrededor. Y de momento, aquello era algo que no estaba consiguiendo. Bueno, al menos ahora su hija se marcharía un rato con el muchacho a pescar y la dejarían sola. Con todo el faro enterito para ella.

—Y ahora os vais a pescar, ¿no?

—Sí, he traído dos cañas y todos los demás aparejos. Iremos ahí enfrente, a esos islotes. Hay un par de amarres que aguantan todas las tempestades. A ver si hay suerte y pescamos mucho.

—Os prepararé unos bocadillos.

—Gracias —contestó William.

Mientras, Valeria salió en busca del chaleco salvavidas, una prenda enorme que la hacía parecer tres veces más gorda de lo que estaba y que no le gustaba nada. Pero nada de nada. También se cambió las deportivas por unas botas de montaña que, seguro, serían mejores para caminar por aquellos islotes que parecían flotar en el agua.

—Buena idea lo de las botas —le dijo William en cuanto subieron al bote—. No hay senderos y está todo muy resbaladizo junto al agua. Además, hay muchas algas.

—Ya. —Valeria puso cara de asco, pero como lo hizo mirando hacia el faro, William, que estaba de espaldas soltando la cuerda, no la vio.

—La verdad —continuó— es que podíamos ir en vuestro bote en lugar de ir con este, pero a lo mejor te da miedo.

—Sí —apenas musitó la chica.

—¿Te da miedo el bote de remos? —Ella asintió esta vez con la cabeza—. Me lo imaginaba.

Valeria puso cara de preguntarse por qué se lo imaginaba. También puso cara de preguntarse si le iba a contar o no la verdad acerca de su hidrofobia. Le costó muy pocos segundos decidirse. Al fin y al cabo, ¿qué podía importarle lo que pensara de ella un completo desconocido como William?

—Me dan miedo en general los barcos. Bueno, exactamente los barcos no me dan miedo —se corrigió—. Lo que me da miedo es el agua.

—¿No sabes nadar?

—Llevo nadando dos días a la semana en una piscina municipal desde que tenía cuatro años. Pero me sigue dando miedo entrar —confesó—. Cuando ya estoy dentro, nado e incluso me siento bien y disfruto a ratos. Pero hasta que me meto, es una pesadilla. Mi madre cree que lo tengo ya superado pero no, no lo consigo. Es algo que se llama hidrofobia.

—¿Y has venido de vacaciones a un sitio como este, rodeado de mar por todas partes? —William estaba sorprendido por la confesión de Valeria. Nunca hubiera imaginado que existiera algo llamado hidrofobia.

—No me lo recuerdes. Anoche no podía dormir. Intento pensar que no pasa nada.

—Y claro que no pasa nada, Valeria. La gente ha estado siglos viviendo en faros y nunca ha pasado nada. La de farero ha sido una de las profesiones más seguras de la historia de la humanidad.

—Ya, pero seguro que los hombres que elegían la profesión de farero no sufrían de hidrofobia, como yo. Y sus mujeres tampoco. ¿Tu abuelo tenía hidrofobia?

—No, claro que no. Mi abuelo era un hombre de mar.

Y William arrancó el motor y el barco empezó a surcar las olas durante tres minutos y veinte segundos, lo que le costó arribar al islote de enfrente. Un islote tan pequeño que, Valeria estaba segura, no tendría ni siquiera nombre. Amarraron la embarcación en uno de los viejos postes que había mencionado el muchacho.

Oyeron la voz de Mercedes, se giraron y la vieron. Los saludaba desde la terraza. Ambos levantaron sus manos para hacer lo mismo y Mercedes se metió en el faro. Se sentó en el sofá del salón con una taza de té humeante en la mano. Dio un largo y profundo suspiro que quería decir algo así como: por fin sola.

EN EL ISLOTE

Valeria había supuesto que el islote no tenía nombre, pero estaba equivocada. Allí todo tenía nombre, más o menos largo, pero nombre al fin y al cabo. Se llamaba islote de las gaviotas negras, algo así como *Svartmåkeholmen.*

—¿Y por qué se llama así? No existen las gaviotas negras.

—No. Pero alguien le puso ese nombre porque aquí antes había muchos nidos de frailecillos, y esos pájaros sí que son negros.

—Ya, pero son frailecillos, no gaviotas.

—El que le puso el nombre, no debía de saberlo —explicó William riéndose.

—¿Y ahora?

—¿Ahora qué?

—¿Ahora no vienen los frailecillos?

—No, parece que no. Hace demasiado calor para ellos y han emigrado a las islas del norte.

—¿Calor? —preguntó irónica Valeria—. No me parece a mí que aquí haga mucho calor.

—Pues pingüinos no hay, y en tu tierra tampoco. Por algo será, ¿no? A algunos pájaros no les gusta el calor.

—Bueno, ¿dónde vamos a pescar?

—Al otro lado del islote. Se forma una ensenada, el agua está más tranquila por arriba, pero hay corrientes marinas que traen los peces. Por alguna razón ahí se dejan pescar con más facilidad. Se confían y acaban en el saco.

—Sí, suele pasar.

Anduvieron unos minutos hasta llegar al otro lado del islote. Como William había dicho, no había senderos. Pisaban una vegetación muy baja de musgo y líquenes con algunas florecillas que apenas crecían. Era como si no atrevieran a hacerlo para protegerse de los vientos del oeste, que azotaban cada día aquellas protuberancias rocosas nacidas del mar. Valeria no apartaba sus ojos del suelo por dos razones: el colorido de las plantas era espectacular. El musgo blanco, verde, amarillo, rojizo alguno como si ya le estuviera dando la bienvenida al otoño. Florecillas rosadas, blancas y doradas se mecían al ritmo de la brisa de la primera hora de la tarde. Todo parecía balancearse suavemente bajo los rayos del sol. La otra razón era que había muchas rocas desnudas y Valeria tenían miedo de caerse y romperse un hueso. Se paró unos instantes para contemplar el panorama de matices de lo que parecía una masa gris desde el faro: el mar a su alrededor en toda su grandeza. Como si en ese momento no existiera nada más que William y ella, y el mundo girara en torno a ellos en forma de agua salada. Le dio una punzada en el estómago al reflexionar sobre el hecho de que el mundo parecía estar hecho de agua. Se dio la vuelta. Al otro lado, el faro, la mole roja y vertical. Y detrás, la costa. La esperanza de tierra. De la tierra prometida como lugar estable, quieto, ajeno a los movimientos y a las corrientes del mar. Las montañas que se erigían como soberanos reinantes. Las casas de colores entre las montañas y el océano. A la izquierda, el sol bañaba como a ninguna otra a la casa blanca que resplandecía y que parecía una perla blanca. Le recordó el nombre de algún barco pirata. Se sentó sobre una piedra plana que parecía haber sido colocada por manos humanas. William se le acercó por detrás después de preparar sus aparejos en la ensenada.

—¿Qué miras con tanta atención? No te irás a marear aquí en medio, ¿verdad? —Estaba claro que la delicadeza no era el fuerte del chico.

—No, no. Miraba el musgo en las rocas. Y la costa. Se ve preciosa desde aquí. Y miraba aquella casita blanca. ¿Te has fijado como brilla? Parece una perla blanca.

William la observó un instante en silencio.

—Sí, la conozco bastante bien —dijo al fin—. Es mi casa. Siempre brilla mucho, pero hoy especialmente. Mi padre y yo la hemos terminado de repintar esta mañana. Mi madre la llamaba así, como tú has hecho ahora: «la perla blanca». Decía que parecía una perla desde el mar. Es curioso que ambas la hayáis llamado de igual manera.

—Una casualidad, sí. ¿No hace mucho que murió?

—Un año. Una eternidad que parece que no haya durado más que un segundo. —El rostro de William se ensombreció durante unos segundos al recordar a su madre—. La percepción del tiempo es extraña. A veces parece que fue ayer cuando todavía estaba ahí, y a veces me parece que nunca existió. Que mis recuerdos de ella no son más que parte de un sueño. ¿Te pasa a ti lo mismo?

—¿A mí? A mí no. Mi madre no está muerta.

—No, ya, perdona. Me refería..., quería decir...

—Querías decir si me acuerdo de la que fue mi primera familia, de la que yo nací, allí, en China.

—Sí, eso quería decir. Perdona si... —William sintió que había sido un poco torpe con su pregunta.

—No, no, no pasa nada. Es que..., es que no me acuerdo de nada de entonces, ya te lo dije ayer. Es como si yo no hubiera existido hasta que mamá vino a buscarme. ¿Sabes? El primer rostro que recuerdo es el de ella. Y el del monito de plástico que me regaló el segundo día que me visitó en el orfanato. Es un monito amarillo que aún conservo. Y siempre duermo con él a mi lado. —Se ruborizó Valeria al admitir lo que podía parecer un comportamiento infantil.

—Yo también tuve un monito amarillo. Debe de estar en algún lugar del desván. Lo buscaré.

—Sí, supongo que todos los humanos tenemos un monito amarillo, o algo parecido en nuestra vida.

—Sí, y ahora, vamos a pescar. Los peces nos están esperando.

—Vamos. ¡Oh, mira! ¿Qué es esto?

William se acercó a lo que estaba casi bajo los pies de Valeria.

—Es un nido.

—¿Un nido de frailecillos? —preguntó la chica.

—Tal vez.

—Quizás hayan vuelto a anidar en su islote.

EL PRIMER SUEÑO DE VALERIA

Pescaron tres peces de un tamaño considerable. Uno de ellos, el más pequeño, se lo llevó Valeria al faro para cenar. Los otros dos se los llevó William para prepararlos de una manera especial con ingredientes que había en su casa. La tarde había sido productiva y Valeria estaba encantada: aquella era la primera vez que había ido de pesca y había obtenido fruto. No era lo normal, le había dicho William, así que estaba orgullosa. Aunque en realidad, pescar o no pescar era algo que le daba igual. Era una cosa que no formaba parte de la lista de lo que ella consideraba «motivos para estar satisfecha con una misma». Pero aun así estaba encantada. A las doce se fue a su habitación a dormir, mientras su madre se quedaba un rato en la biblioteca leyendo a la luz del sol de medianoche. Se acercó a la ventana y vio la casa blanca en la orilla. Imaginó que William tal vez estaría haciendo lo mismo que ella, y que ya se habría lavado los dientes para irse a la cama. Se equivocaba: estaba fileteando el pescado, cortándolo a trocitos y metiéndolo en una salsa de nata, pimienta y cebollas que había preparado previamente junto a su padre. Aquella era una de las maneras tradicionales de conservar el pescado en las tierras del norte. Valeria dejó las cortinas descorridas para ver el cielo desde la cama. Abrió el libro que estaba leyendo y no le duró más de dos páginas. Estaba cansada y enseguida le entró el sueño. Dejó el libro sobre la mesilla, cerró los ojos, comprobó que la claridad que se transparentaba a través de sus párpados no provenía de ninguna lámpara que hubiera olvidado encendida, se sonrió y se durmió.

Al cabo de un par de horas se despertó, o creyó despertarse, sobresaltada por un sonido extraño. Abrió los ojos y le pareció ver una sombra que salía de la habitación.

—Mamá —llamó, pero nadie le contestó.

Valeria se levantó para ver dónde estaba su madre. Entró en su habitación y allí estaba Mercedes, durmiendo con una respiración acompasada y sonora, lo que delataba que llevaba mucho tiempo dormida. Eso quería decir que la sombra que Valeria había visto no pertenecía a su madre. ¿Qué o quién era? Dudó entre volver a su cama o inspeccionar para comprobar si había alguien más en el faro. Tal vez William o Lars habían venido a ver si necesitaban algo. O tal vez algún ladrón había cruzado el mar sin que ni su madre ni ella hubieran oído el motor de su embarcación. Esta posibilidad la asustó, pero aun así decidió subir las escaleras a ver qué pasaba. Si Valeria hubiera estado despierta, nunca se habría aventurado a hacer de detective en el faro. Habría llamado a gritos a su madre y ambas se habrían armado de sendos cuchillos de cocina para enfrentarse a lo desconocido. Pero como estaba en medio de un sueño, nada de eso ocurrió. La chica se puso una toquilla que nunca había estado ni en su mochila ni en su habitación, y subió las escaleras. No estaban pintadas de blanco como ella recordaba, sino de rojo, como el exterior del faro. Tampoco eran redondas y de caracol, sino que los escalones formaban una especie de cono truncado y parecían infinitos. Tardó un buen rato en subir, o al menos a ella así se lo pareció. Cuando terminó, se encontró directamente en el penúltimo piso, el que tenía la cama con dosel. Solo que en ese momento ni había dosel ni había cama. Lo que había era una butaca de cuero de color marrón con un hombre sentado. Un hombre de unos sesenta años, con el rostro surcado por decenas de arrugas y con una pipa en la boca. Un rostro que, estaba segura, había visto en algún lugar.

—¿Qué hace usted aquí? —le preguntó Valeria sorprendida.

—Sobre eso mismo, niña, te iba yo a interrogar. ¿Qué haces tú aquí?

—Mi madre y yo hemos alquilado el faro. Se supone que no tiene que haber nadie más.

—¿Que habéis alquilado el faro? Los faros no se alquilan. A un faro se viene a trabajar —dijo el hombre con una voz grave, segura, profunda—. A procurar que los marinos lleguen sanos y salvos a sus puertos. A sus casas. A sus familias.

—Ya no hay fareros —afirmó Valeria tajante.

—¿Ah, no? ¿Y qué soy yo, entonces?

—Yo no sé quién es usted. No nos han presentado.

—Cierto, pequeña.

—No me llame pequeña. Me llamo Valeria.

—Acércate para que te vea mejor. Con esta poca luz, apenas puedo ver tu rostro. El aire del mar casi ha secado mis ojos y no veo bien. —La chica hizo lo que el hombre le pedía—. Valeria. No tienes cara de llamarte Valeria.

—¿Pues qué cara hay que tener para poder llamarse así? Tengo este nombre por mi bisabuela. Ella también se llamaba Valeria.

—No me parece que tu bisabuela tuviera cara de llamarse Valeria.

—¿Lo dice por mis ojos rasgados y el color de mi piel?

—Sí. Tú vienes de algun país de Asia. Y allí, te lo puedo asegurar, no hay nadie con ese nombre.

—Soy adoptada. Mi madre fue a buscarme a mi pueblo en China y me adoptó. Ella duerme ahí abajo, en el segundo piso.

—Tu madre ha sido muy valiente viajando hasta los confines del mundo para traerte a Europa. ¿Y tu padre? ¿Dónde esta tu padre?

—No tengo padre. Solo tengo madre. Mi madre me adoptó ella sola.

—Vaya, qué cosas. Sí que es valiente tu madre. ¿Sabes?, yo también estuve en China —dijo él mientras miraba la ventana, desde donde se veía el mar infinito—. Muchas veces. Antes de ser el farero de *Kjeungskjaer.*

—¿Usted trabaja en este faro? ¿Usted es farero? —preguntó Valeria extrañada. Lars había comentado que el faro pasó a automatizarse en 1987, o sea que llevaba más de veinte años sin farero.

—Ay, perdona hija, que no me he presentado. Yo era el farero, sí. Lo fui durante muchos años. Me llamo Erlend. Erlend Nilsen. Mi padre también fue farero, y mi abuelo.

—¿Nilsen? ¿Se apellida usted Nilsen, como Lars y como William?

—Claro, hija. Lars es mi hijo, y William, el joven e intrépido William, es mi nieto.

—Pero..., —titubeó Valeria—, el abuelo de William está muerto.

—Sí, claro. Claro que está muerto. Desde 1990 estoy muerto. No llegué a conocer a mi nieto en vida.

Valeria no sabía si echarse a temblar o a correr. ¿Con quién estaba hablando?

—Eso quiere decir —acertó a balbucir— que usted es el fantasma del último farero.

—Pues sí hija, sí. Estás hablando con un fantasma. Concretamente con el fantasma de Erlend Nilsen, el abuelo de William. El último farero.

—Pero eso no puede ser. Los fantasmas no existen —afirmó categórica.

—Ah, no, claro que no —dijo mientras se levantaba de la butaca y se metía la pipa en el bolsillo—. Si no existen los fantasmas, yo no soy nada. Y tú me has visto y has hablado conmigo, ¿no? Pues ya me dirás tú qué has visto y con quién has hablado. ¿Con nadie? ¿Acaso has hablado sola?

—No señor, no he hablado sola. Pero es que estoy soñando, y dentro de un sueño puede suceder cualquier cosa.

De pronto, uno de esos pájaros llamados «frailecillos» se posó en el estrecho alféizar de la ventana. Valeria y su contertulio se quedaron en silencio un momento, contemplando al ave que parecía observarlos desde el otro lado del cristal.

—Vaya, hacía años que no había frailecillos por aquí. Qué raro que hayan vuelto a anidar por estas costas.

—Esta tarde hemos visto un nido de frailecillos.

—¿Dónde?

—En el islote de enfrente. Ese que se llama islote de las gaviotas negras.

—¿Has estado allí esta tarde? ¿Con William?

—Sí, con William. Hemos estado pescando.

La boca del viejo farero dibujó una sonrisa amarga, y el hombre suspiró profundamente antes de seguir hablando.

—Y seguro que os habéis sentado sobre unas rocas planas en la ensenada que hay allí detrás, frente al otro islote. —Señaló con su brazo.

—Sí —afirmó extrañada Valeria.

—Las pusimos ahí mi padre y yo. ¿Y no habéis intentado levantarlas?

—No, ¿por qué íbamos a hacerlo?

—Pesan mucho. Hay que levantarlas entre dos personas. Pero debajo hay algo que escondí hace muchos años. Algo que le enseñé a Lars cuando era muy pequeño y que tal vez haya olvidado. Porque, ¿sabes? en la vida hay cosas que se olvidan y no sabemos por qué.

De pronto, Valeria oyó un sonido familiar junto a su oreja. Era la voz de su madre, que la llamaba.

—Valeria, Valeria, despierta, ¿qué te pasa? ¿Qué estás diciendo?

Abrió los ojos y se encontró con su madre sentada en el borde de su cama. Miró a todos los lados y comprobó extrañada que estaba en su habitación. En el mismo lecho en el que se había acostado unas horas antes. Mercedes le pasaba su mano por la frente suavemente.

—Estabas soñando y hablabas en voz alta. Me has despertado. He creído que te pasaba algo.

—No, no estaba soñando. Estaba hablando con el viejo farero. Me contaba cosas y...

—¿No ves como estabas soñando? El viejo farero murió hace muchos años. Ha sido una pesadilla.

—No, no ha sido una pesadilla. Todo era muy agradable. Era un hombre muy amable, y hablaba mucho.

—Como tú, pero ahora no hay que hablar. Ahora toca dormir. Es muy pronto todavía. Aún no son las dos de la mañana. Cierra los ojos y duerme, que mañana esperamos invitados, acuérdate. ¿Quieres que me quede a tu lado hasta que te duermas, como cuando eras pequeña? —le preguntó mientras le daba un beso en la mejilla.

—¡Mamá! —protestó—. Que ya soy muy mayor... El farero…, era tan real…

—Hay sueños que parecen reales. Eso es todo.

—Mamá.

—¿Qué?

—¿En algún momento mencionó Lars el nombre de su padre?

—No, no lo recuerdo. Me parece que no. Tal vez William cuando habéis estado pescando...

—No, no, tampoco. Bueno, no importa. No pasa nada. Todo está bien. Ve a la cama tranquila, mamá. Tengo mucho sueño y voy a dormir de un tirón el resto de la noche.

—Buenas noches, Valeria.

—Buenas noches, mamá.

Mercedes se fue de vuelta a su habitación. Se paró unos segundos junto a la ventana, desde la que se veía la costa. El sol enrojecía la montaña de una manera tal que parecía ruborizarla. Lo mismo ocurría con las casas, especialmente con la casita blanca que se dibujaba a la izquierda. A Mercedes le pareció que esa noche todo tenía un brillo especial.

EL GUISO DE ALCE

Cuando se despertó, Valeria apenas recordaba algunas imágenes del extraño sueño que había tenido. Y tampoco se acordaba de que su madre hubiera estado junto a su cama, como cuando era pequeña y tenía terrores nocturnos. Pasaron juntas la mañana en la cocina, preparando la carne del alce según las instrucciones que Lars le había dado por teléfono a Mercedes el día anterior.

—Me parece que en la vitrina del salón del tercer piso hay unos platos antiguos. Si hay cuatro, bájalos para poner una mesa bien bonita para nuestros invitados.

—A lo mejor a Lars no le gusta que usemos esa vieja vajilla.

—¿Y por qué no le va a gustar? Nos dijo que podíamos utilizar todo lo que hay.

—Vale, de acuerdo. Voy a ver.

Valeria salió de la cocina y se encaminó hacia la escalera de caracol. Cuando tocó el pasamanos le dio un escalofrío en la espalda. Recordó que había hecho lo mismo en su sueño, pero en él la escalera no era así. Suspiró profundamente y ascendió. Cuando llegó al salón, se fijó en la foto del viejo farero. Sí, no cabía ninguna duda. Había soñado con aquel hombre, con todas y cada una de sus arrugas, incluso con su pipa. De repente se acordó de que el hombre le había dicho su nombre. Un nombre extraño, que ella nunca había oído. ¿Cómo se puede soñar con palabras desconocidas, incluso con caras nunca vistas? ¿Cómo la imaginación de los sueños es capaz de crear historias con personajes inexistentes, como si los sueños fueran novelas, y los soñadores fueran novelistas? Valeria movió la cabeza de un lado a otro. Miró bien la foto y comprobó que el nombre del farero no estaba en ningún sitio. ¿Cómo era, Erlund, Erend, Esper? No, no conseguía acordarse. Abrió la vitrina, desde la estantería la miraba la vieja estatuilla china. Acercó su mano hasta el rostro de la dama, la porcelana era fina y no estaba tan fría como había pensado. Es más, con el contacto notó calor en su propia mano. Sacó los platos. Había cinco y eran preciosos, pensó. Blancos con una guirnalda de flores azules pintadas alrededor. Miró el reverso para conocer su procedencia, pero no entendió nada. Algo estaba escrito en caracteres chinos que no conocía. Se prometió que algún día estudiaría la lengua de sus antepasados y bajó a la cocina con los cinco platos en la mano.

—Ah, había cinco. Estupendo. Son preciosos, desde luego —dijo su madre.

—Son chinos.

—Vaya, hija, parece que estemos en casa: los platos, la figurita, el abuelo que anduvo por China alguna que otra vez.

—Ja, ja, ja —rio Valeria de mala gana.

—Era un decir. No te enfades.

—No me enfado.

De pronto, sonó el timbre. Ambas se miraron extrañadas. No habían oído el motor de ningún barco. Valeria se acordó de que había tenido la misma sensación durante la noche, lo que la ayudó a recordar más y más su sueño. Pero esta vez sí había una explicación racional: el ruido de la batidora con la que Mercedes estaba haciendo la salsa había escondido el sonido de la lancha.

—Ya están ahí. Baja a abrir.

—¿Yo sola? No hemos oído nada. ¿Y si no son ellos?

—¿Y quién va a ser si no? Mira por la ventana de la escalera y te quedas más tranquila.

Así lo hizo Valeria y efectivamente, eran Lars y William que venían con dos bolsas enormes. Bajó a abrir y los recibió con una enorme sonrisa.

—Bienvenidos al faro. Les esperamos con la mejor de las comidas —bromeó la muchacha haciendo una media reverencia.

—Gracias, gracias, Valeria —dijo Lars—. ¿Qué tal te lo pasas en *Kjeungskjaer*?

—Bien, bien. Ayer fue muy divertido ir a pescar con William.

—Os hemos traído el resto de la cosecha. Hemos preparado el pescado de una manera tradicional, según una vieja receta: con nata, cebollas y pimienta. Era una de las antiguas formas de conservar el pescado cuando no había frigorífico.

—Pescado con nata... —La cara que puso Valeria se parecía sospechosamente a la que tenía antes de vomitar el día que llegaron.

—Está muy bueno, te gustará, ya lo verás —dijo William—. Hum, huele muy bien —comentó en cuanto entró en la cocina.

Se sentaron a la mesa y comieron toda la carne del alce, con patatas, y la salsa hecha de enebros, queso marrón, y mermelada de frutas de bosque. Una mezcla extraña que ni

Valeria ni Mercedes habían probado nunca, pero que resultó riquísima.

—Riquísimo, Mercedes. Te ha salido exquisito —dijo William.

—Si está bueno, el mérito es de tu padre. La receta y las instrucciones son suyas.

—En realidad, es una receta de mi abuelo —confesó William—. Si hay algún mérito ha de ser de él.

Lars asintió todavía con la boca llena de comida, y sin poder hablar.

—Debía de ser un hombre genial, el viejo farero —dijo Valeria—. Pescaba, cazaba, viajaba por todos los mares, vivió aquí. ¿Lo llegaste a conocer, William?

—No, lamentablemente no lo llegué a conocer. Murió varios años antes de mi llegada.

—Ah —exclamó Valeria.

—Qué pena —dijo su madre.

—Por cierto, ¿cómo se llamaba? —preguntó la muchacha.

—Se llamaba Erlend —contestó Lars—. Mi padre se llamaba Erlend Nilsen.

A Valeria le dio un escalofrío en todo su cuerpo. Un escalofrío que terminó en los dedos de su mano derecha, lo que provocó que se le cayera el vaso de agua que sujetaba, y que se mojara el mantel y el pantalón de William, que la miró pensando que era un poco torpe.

«Erlend, pensó, se llamaba Erlend».

EL RUSO

Muchos años antes, Nikolaj Dubrowski también soñaba. Soñaba con pilotar una nave que surcara el cielo y que llegara hasta la luna. Aquella luna que algunas noches veía enorme desde su aldea en el corazón de Rusia. De niño, su abuela le había contado viejas historias sobre los hombres que, según ella, habitaban aquel astro plateado. Historias que a ella le habían contado sus abuelas y las doncellas que habían atendido su palacio durante años. También le contaba cuando una vez, muchos años atrás, había bailado nada menos que con el joven zar Alejandro II, cuyo tío había luchado contra el mismísimo Napoleón.

Pero un día hubo revueltas en el pueblo. Los campesinos se alzaron en armas contra los terratenientes, y la abuela desapareció. Se despidió de Nikolaj por la noche. Fue hasta su cama a decirle que se iba muy lejos, que no quería ver su palacio en manos de los bolcheviques, y que probablemente no se volverían a ver. Pero que allí donde ella estuviera, él la acompañaría siempre en su pensamiento. Nikolaj quiso acompañarla, pero la abuela Natascha no lo dejó. Le dijo que debía permanecer allí, en el viejo caserón con su padre. El muchacho lo hizo así, se quedó en el que había sido el palacio de su noble familia. Y en él compartió las habitaciones con desconocidos como consecuencia de la revolución del pueblo. Así fue durante años, hasta que se alistó en el ejército. También allí hubo de compartir, no habitación, sino un enorme barracón con otros reclutas, hasta que se convirtió en piloto de combate y consiguió una habitación individual. Ya entonces intuyó que, aunque surcara el cielo cada día, nunca llegaría hasta la luna. Y lo supo cada noche cuando llegó la guerra y tuvo que llevar a cabo peligrosas misiones en tierras alejadas de su amada Rusia.

Ya por entonces su abuela había muerto sin volver a pisar su país, y sin volver a ver a su nieto. La princesa Natascha vivió un dorado y amargo exilio en Venecia, como tantos otros compatriotas. Allí murió y allí sigue su tumba, en la isla de San Michele, donde está el cementerio de la que fuera Serenísima República Marítima. Nunca imaginó todo lo que le ocurrió a su nieto en otra isla aún más pequeña. No en el Mediterráneo, sino en el mar del Norte.

Tampoco Nikolaj supo nada de la muerte de su abuela, años antes de que empezara aquella horrible guerra que segó tantos millones de vidas en la vieja Europa. Soñaba con ella muchas noches, y en sus sueños la evocaba con un vestido blanco que le había enseñado una vez, y que guardaba en su armario. El mismo vestido con el que había bailado con el joven zar cuando era una bella adolescente, y pensaba que la vida consistía en decidir el color y la tela de un vestido de baile.

La noche anterior a que Nikolaj fuera apresado también había soñado con su abuela. Solo que esa vez, Natascha no llevaba el vestido blanco, sino una túnica negra con un cordón atado a la cintura. Nikolaj no sabía, no podía saber, que aquel hábito era la mortaja con la que había sido enterrada por expreso deseo suyo.

Todo su regimiento fue detenido después de una operación de castigo por parte del ejército alemán en el norte de Rusia. Corría el año 1941 y ciento noventa y cinco hombres, entre ellos Nikolaj Dubrowski, fueron deportados desde allí hasta un lugar secreto en la costa de Noruega. El Tercer Reich había atacado a la Unión Soviética el 22 de junio. Habían pasado casi cinco meses desde entonces. Los llevaron en un barco, hacinados y mal comidos. No sabían el destino que les esperaba, ni siquiera a dónde iban. No se les permitía ver las estrellas, ni las nocturnas, ni la diurna. La cubierta, las ventanas y el aire fresco estaban reservados a los soldados alemanes. Los prisioneros solo vieron la luz cuando la nave estuvo amarrada a puerto y les ordenaron salir. Habían arribado a una costa agreste donde soplaba un viento gélido invernal. El suelo estaba helado y algunos de sus compañeros resbalaron y cayeron. No había luces ni se veía ninguna casa habitada. Solo dos barracones, otrora almacenes, junto al puerto: en uno vivían los soldados de los uniformes grises. El otro iba a ser convertido en prisión para los ciento noventa y cinco rusos recién llegados. Los oficiales vivían en una casa roja situada sobre una colina. Una casa que había sido requisada, y cuyos propietarios, comerciantes judíos, habían sido enviados muy lejos, a un lugar del que nunca regresarían.

Nikolaj y los demás prisioneros entraron en el barracón y lo primero que notaron fue el fuerte olor a pescado mezclado con brea que se desprendía de las paredes de madera. Había dos pisos llenos de literas hechas de viejas tablas. A él le correspondió una en la esquina izquierda del piso superior, justo al lado de un ventanuco desde el que se podía ver el mar. Nadie sabía dónde estaban ni qué iba a ser de ellos. ¿Para qué estaban allí? ¿Por qué los alemanes no los habían matado?

¿Por qué habían gastado trabajo, tiempo y energía en trasladarlos a un ignoto lugar? Nikolaj se quedó dormido en cuanto se acostó. Aquella era la primera noche en la que él y sus compañeros de cautiverio podían dormir en algo parecido a una cama. Algo suficientemente alargado como para estirar las piernas y conseguir acomodarse en la posición fetal en que solía acurrucarse para recibir el sueño. Había recibido una manta entera para él y el jergón, nuevo, era bastante cómodo. Pero tenía frío. No había ninguna estufa y la temperatura era muy baja. De su boca salía vaho blanco cada vez que respiraba. Aquella era la única señal de que estaba vivo.

Despertó al toque de una sirena. Eran las ocho de la mañana. Todos bajaron al piso de abajo, donde se les entregó un plato y un vaso de metal, junto con un trozo de pan y un poco de agua. Ese iba a ser su desayuno. Ese sería su desayuno durante el tiempo que vivieron en el almacén del puerto. Todavía no había amanecido en el invierno boreal. Lo hizo mientras los prisioneros estaban formados en una pequeña explanada junto al puerto. Nevaba y los copos cubrían sus uniformes, sucios y cada vez más fríos. Un oficial les explicaba cuál iba a ser su tarea. Un soldado traducía al ruso las órdenes. El sol ascendía apenas y sus rayos doraban levemente el mar. Fue entonces cuando Nikolaj vio algo intensamente rojo en medio del mar. Al principio pensó que era una nave, tal vez con más prisioneros. Enseguida se dio cuenta de que la visión no se movía. El sol la fue iluminando más y más. No, no era un barco. Aquello que se veía en la lejanía, en medio del océano, era una torre roja. Una torre que le recordó a la iglesia de su pueblo. La iglesia a la que había ido con su abuela cada domingo cuando era niño, y en la que ambos se sentaban justo delante de los iconos decorados con plata y piedras preciosas. Tragó saliva al recordar aquellos momentos de su infancia de la mano de su abuela Natascha y sonrió sin que nadie pudiera percibir su sonrisa. Ella le solía decir que en la vida siempre había ventanas. Hasta en los momentos más terribles. Aquella torre roja en medio del mar era un faro que iluminaría sus noches más oscuras al otro lado de su pequeña ventana.

VALERIA Y MERCEDES

—Nilsen es un apellido muy común en este país —le explicó Mercedes a su hija cuando sus invitados se hubieron marchado.

—Ah —contestó distraída Valeria, sin dejar de mirar la ventana por donde observaba la estela que iba dejando la barca de Lars y de William.

—Son simpáticos, ¿verdad?

—Sí, la verdad es que sí. Toda la familia. Los tres parecen encantadores —dijo Valeria.

—¿Cómo dices? —preguntó sorprendida su madre.

—Sí, William, Lars y el abuelo, el viejo farero. Anoche soñé con él. ¿No viniste a mi habitación? —Valeria recordaba vagamente la imagen de su madre junto a su cama.

—Sí, claro. Hablabas en voz alta y me acerqué a ver qué te pasaba. Dijiste que estabas soñando con el abuelo de William. Ya veo que en el sueño también él era simpático —comentó sonriendo. Ahora, ayúdame con la vajilla. Yo friego y tú secas, ¿vale?

Valeria siguió unos segundos junto a la ventana. Los navegantes ya habían llegado a puerto y se encaminaban hacia el viejo almacén, en el que desaparecieron. La chica se acercó al fregadero y cogió un paño blanco de tela.

—Hay algo muy raro en mi sueño, mamá.

—¿El qué?

—El nombre del abuelo. Lars dijo que su padre se llamaba Erlend Nilsen. Lo ha dicho hoy y ni él ni su hijo habían comentado nada al respecto estos días. En cambio, cuando Lars ha mencionado ese nombre, a mí me ha parecido familiar. Como si ya supiera que se llamaba así.

—Bueno, esas cosas pasan a veces. Es lo que se llama un *déj vu.* Parece que ya hemos vivido una situación anteriormente, e incluso, durante décimas de segundo previas, sabemos lo que va a suceder a continuación.

—No, mamá, no era uno de esos *déjà vus* o como se llamen. En mi sueño...

—Los sueños, sueños son, Valeria, sin más. —Mercedes abrió el grifo más fuerte para ir aclarando los platos—. Me pregunto de dónde vendrá aquí el agua. Hay que preguntárselo a Lars.

—Mamá. Yo ya sabía que el farero se llamaba Erlend Nilsen. Cuando me desperté no conseguí acordarme. Pero cuándo Lars lo dijo, lo recordé perfectamente. Cuando el hombre de mi sueño se presentó, me dijo que se llamaba así, justo así: Erlend Nilsen. Es muy raro, ¿no te parece?

—No es raro,Valeria. Es un caso claro de percepción de *déjà vu:* tú oyes algo y te crees que ya lo has oído previamente. Es una percepción engañosa del cerebro. Simplemente eso. No es ninguna revelación. ¿No irás a pensar que el fantasma del señor Nilsen te visita por las noches?, ¿verdad, hija? Si es así, tendremos que hacer alguna terapia intensiva.

—No necesito ninguna terapia, mamá —replicó Valeria, que temía las terapias de su madre como las clases de natación—. Esta vez no tengo ninguna fobia al agua, ni nada parecido. Tampoco me da miedo el viejo farero. Ya te he dicho que fue muy amable conmigo.

—¡Solo faltaría que no fuera amable! Es una creación de tu imaginación y lo has creado como a ti te ha apetecido, amable y cariñoso. Y con cara de marino, seguro: cara arrugada, pipa...

—Así es como está en el retrato de la biblioteca.

—Más a mi favor —dijo mientras le quitaba a su hija el trapo para secarse las manos—. Lo has soñado tal y como lo has visto y como te lo has imaginado.

—¿Y el nombre?

—Ya te lo he explicado. ¿Quieres una taza de té antes de ir a dormir?

—No, mamá, te tengo dicho que no es bueno beber nada antes de acostarse. Salen bolsas en los ojos.

—No sé de dónde te has sacado esa extraña teoría.

—Yo tampoco. Pero es verdad. Lo tengo comprobado.

—Pues yo tomaré un té en la biblioteca. ¿Me acompañas?

—Cogeré mi libro y leeré un rato a la luz de la ventana.

—A veces me pregunto qué sería de los seres humanos si no hubiera ventanas.

Cuando terminaron de recoger, subieron a la biblioteca, se sentaron en el sofá y Valeria se quedó dormida recostada en el hombro de su madre, como le gustaba hacer desde que era pequeña. Mercedes le retiró el pelo que le caía sobre la mejilla derecha y la contempló. Siempre había sido una niña preciosa. Desde el primer momento que la vio le pareció que tenía la cara más bonita que había visto en toda su vida. Ahora la adolescencia no le dejaba ni siquiera huellas en forma de granos en su piel lisa como la porcelana. Respiraba acompasadamente, sin emitir ruido alguno, como si su sueño fuera tan apacible como el mar en calma que se veía al otro lado de la ventana. A ella le gustaba mirar a través de las ventanas. En los malos periodos solía acodarse en el alféizar y contemplar el exterior. Entonces se daba cuenta de que había algo más allá que sus problemas. Existía un mundo fuera de sí misma. A muchos de sus pacientes, les recomendaba que hicieran lo mismo. Mirar a través de las ventanas para aprender a salir de uno mismo, a ver el mundo como un espectador en una butaca de cine. De esa manera, pensaba ella, se aprendía también a ver la vida propia como algo externo. Como si fuéramos espectadores de nuestra propia vida y no los protagonistas.

—Hum, mamá —farfulló Valeria, mientras abría los ojos—. Me he quedado dormida. ¿Qué hora es?

—No lo sé. Me he quitado el reloj para lavar los platos y lo he dejado sobre la mesa de la cocina. Y por cierto, no me lo voy a poner hasta que regresemos a casa. En vacaciones no hay reloj. Si tienes sueño, es que es hora de ir a la cama y de dormir.

Valeria se incorporó y miró a través de la ventana. La casita blanca resplandecía bajo los últimos rayos del sol de medianoche.

—Aquella casa de la izquierda es la casa de Lars y de William, ¿lo sabías? —le preguntó a su madre.

—No.

—Parece una perla, ¿verdad?

—Con un poco de imaginación...

—Así la llamaba la madre de William. «La perla blanca».

—Nunca se me habría ocurrido llamar así a una casa.

—Pues ya ves.

—La verdad es que brilla como si fuera una perla.

—¿No te gustaría visitarla?

—Bueno, si nos invitan un día, iremos a verla.

—Sí, sería estupendo.

—Pero ahora, nos vamos a dormir, Valeria. Yo tengo sueño y tú también.

Bajaron al piso de abajo. Se lavaron los dientes y se acostaron. Mercedes se volvió a preguntar de dónde vendría el agua que salía por los grifos del faro. Esta vez fue ella la que tardó en dormirse. No podía dejar de mirar la casa blanca al otro lado de la ventana.

EL SEGUNDO SUEÑO DE VALERIA

Valeria se quedó dormida enseguida y pronto comenzó a soñar. A la mañana siguiente apenas recordaba nada de su anterior sueño. Tan solo que paseaba por un jardín cuajado de crisantemos rojos, con una cascada en medio de una rocalla. Una mujer anciana, con los cabellos blancos y los ojos rasgados bañaba a un bebé en el estanque que formaba la cascada. En él, unos peces de color naranja nadaban y acariciaban las piernecitas del bebé, que no paraba de reír por las cosquillas que le producían. Al cabo de un rato, Valeria tuvo otro sueño en el que creyó despertar. Escuchó un estruendo en la cocina y se levantó. O creyó levantarse. Junto al fregadero, un hombre lavaba una cucharilla de café. Una taza se había caído y sus fragmentos estaban esparcidos en el suelo.

—¿Sabes, Valeria? Siempre fui muy torpe con estas cosas. Mi mujer no me dejaba fregar los platos nunca. Rompí casi todas las tazas de porcelana. Solo quedaron dos. Y ahora acabo de romper otra más —dijo Erlend Nilsen mientras se volvía para mirar a la muchacha.

Valeria reconoció la taza en la que su madre había bebido té en la biblioteca, y que había dejado sobre la mesita del piso de arriba. Ahora estaba rota, dividida en tres pedazos que el hombre recogía del suelo. Los dejó sobre la mesa de la cocina, y sacó un tubo de uno de los cajones.

—Voy a intentar restaurarla. Me parece que voy a poder hacerlo. Con este pegamento nadie notará nada.

—Su hijo y su nieto han estado hoy en el faro —le explicó la chica—. Y Lars ha dicho que usted se llamaba Erlend Nilsen.

El farero se quedó quieto un momento y posó su mirada en los ojos de Valeria.

—La verdad, pequeña, si mi hijo hubiera dicho que me llamaba de otra manera, hubiera sido preocupante. Ya te dije que me llamaba así. ¿Por qué te extrañas?

—No, por nada. Bueno, es que..., pensé que lo de anoche lo había soñado. Y mi madre dice que todo es un *déjà vu*, y...

—Dejemos que tu madre piense lo que quiera. Tú y yo sabemos que yo estoy aquí en este momento.

—En medio de mi sueño.

—Llámalo como quieras tú también. Sueño, realidad... En el fondo no hay tanta diferencia. ¿Has vuelto a pescar con William en el islote de las gaviotas negras.

—No, no hemos vuelto.

—Ya está —dijo, mostrándole la taza a Valeria. Había unido los tres pedazos de manera que no parecía que estuviera rota y sonreía satisfecho de su obra—. Ha quedado muy bien. Ahora hay que mirarla muy de cerca para distinguirla de la otra. ¿Te apetece una taza de té?

—No hay que beber nada antes de dormir. Salen bolsas debajo de los ojos.

El farero la miró sorprendido mientras colocaba la taza en el armario.

—Pero nosotros no vamos a dormir.

—¿Ah, no?

—No. Yo no duermo y tú ya estás dormida. Así que crees que salen bolsas bajo los ojos si bebes algo antes de dormir...

—Sí. Está comprobado.

—Esa teoría la he oído antes.

—¿Dónde?

—En alguno de mis viajes. Tal vez en el país en el que naciste. Bueno, pequeña, si no quieres un té, será mejor que te vuelvas a la cama. Además, me parece que oigo ruido en la habitación de tu madre.

—Vale. ¿Volverá mañana?

—Lo intentaré. Que descanses, Valeria.

—Y usted también.

—Yo descanso eternamente.

La muchacha sonrió ante la respuesta de Erlend Nilsen y regresó a su cama. Enseguida volvió a oír ruido y se despertó. Era Mercedes, que salía a la cocina y pasaba por el cuarto de su hija.

—Vaya, te he despertado. Lo siento. Sigue durmiendo. Voy a beber un poco de agua. Me he despertado con la garganta seca. Es muy temprano. El sol está muy bajo todavía.

—¿Vas a beber un té?

—¿Un té? ¿En mitad de la noche? No, no, solo un poco de agua. Anda, date la vuelta y duerme.

Mercedes abrió el armario para buscar un vaso y se encontró con la taza que había empleado horas antes. «Vaya —pensó—. Juraría que la había dejado arriba en el salón. Y ahora está aquí, fregada, seca y recogida». La tomó y la llenó de agua del grifo. Al acercársela a la boca vio unas delgadas líneas que denotaban que en algún momento de su historia había estado rota, y que alguien con mucho mimo la había recompuesto. «Vaya —volvió a pensar— no me había dado cuenta antes de que estuviera rota. Juraría que no lo estaba». La aclaró, la dejó sobre la encimera, y se volvió a su cuarto. Se metió en la cama y no volvió a pensar en la taza rota hasta la mañana siguiente durante el desayuno.

—Por cierto, Valeria —le dijo a la chica mientras untaba el pan con mermelada—. ¿Recogiste anoche la taza de té?

—¿Cómo dices, mamá?

—¿Que si recogiste la taza del té que me tomé anoche?

—No. No recuerdo. Estaba medio dormida.

—Ya. Y yo también por lo que veo. Habría jurado que la había dejado en la biblioteca y esta noche la he encontrado dentro del armario. Además, mira —dijo mientras le enseñaba las líneas de la porcelana—, parece que estaba rota y alguien la restauró. Ayer no me di cuenta. Ni anteayer tampoco. Qué raro.

—A lo mejor es otra taza que ya estaba en el armario —dijo Valeria, que en ese momento todavía no recordaba su sueño nocturno.

—No. No había ninguna taza y por eso cogí una de las dos que había arriba, en la vitrina. Y habría jurado que ninguna de las dos estaba rotas. En fin... —prosiguió—. Está claro que necesitaba este descanso. Se me olvidan algunas cosas por el exceso de trabajo y de estrés. Unos días más en este faro y me sentiré estupendamente.

Mercedes se levantó y se fue al baño. Se lavó de nuevo la cara y se contempló ante el espejo.

—Oh, Valeria, tienes razón con eso de las ojeras. Anoche me levanté a beber agua, y ahora tengo los ojos hinchados como si no hubiera dormido.

«Las bolsas bajo los ojos». De pronto, Valeria recordó su sueño. Eso mismo le había dicho ella al farero. Y la taza se había roto durante la noche y Erlend la había pegado con un pegamento que había sacado de un cajón de la mesa. Concretamente del tercero empezando por arriba. Lo abrió y allí estaba. Un tubo de pegamento de color blanco y plateado. El mismo que había visto en las manos del señor Nilsen. Entró su madre de nuevo en la cocina y la vio con el pegamento en la mano.

—¿Pegamento? Ya entiendo. Se te ha caído la taza esta noche y la has pegado con eso. No pasa nada. No te preocupes. A nadie le va a importar. Además, no se nota nada.

—No, mamá. Yo no he pegado nada. A mí no se me ha roto la taza. Ha sido a él.

—¿A él? ¿Quién es él? —preguntó Mercedes sorprendida por la reacción de su hija.

—El señor Nilsen.

—¿Lars?

—No, Lars no. Su padre. El viejo farero. Esta noche...

—¿Has vuelto a soñar con él?

—Él estaba ahí mismo, donde estás tú ahora, y la taza estaba rota, y el pegamento...

—Vamos, vamos, Valeria. Te habrás levantado esta noche y se ha roto la taza...

—Y la he pegado sin darme cuenta. ¿Quieres decir eso, mamá?

—A veces tenemos episodios de sonambulismo y hacemos cosas así mientras dormimos.

—¿Pegar tazas rotas, por ejemplo? ¡Mamá! —protestó Valeria.

—¡No irás a creer de verdad que te ha visitado el fantasma del abuelo de William! De pequeña tuviste algún episodio de sonambulismo, Valeria. Ahora estás en un sitio absolutamente extraño y te ha vuelto. Eso está estudiado. Es de libro. Los lugares desconocidos pueden propiciar esos procesos. Mi pequeña. No te preocupes. No pasa nada.

—Por supuesto que no pasa nada, mamá. No estoy loca. Y no soy sonámbula. Él ha estado aquí. ¡Yo no he roto ninguna taza!

—Entonces es que la taza ya estaba rota y no me había dado cuenta. Seguramente, yo misma la bajé anoche y no me acuerdo. Esas cosas también ocurren —concedió Mercedes.

Y Valeria salió de la cocina y subió todas las escaleras hasta llegar a la cima del faro, donde estaba el reflector. Salió al exterior a que le diera el aire. Pero la mañana estaba quieta. Tan quieta que ni siquiera la bandera se movía. Reinaba un silencio extraño. El mar parecía un estanque sin ondulaciones lleno de peces dorados. Por primera vez, sintió deseos de zambullirse en el agua. Pero enseguida pensó que el agua estaría demasiado fría. Anduvo unos minutos junto a la barandilla y se apoyó mirando hacia la costa. Hacia aquella casita blanca en tierra firme. Suspiró profundamente y abrió los brazos en un gesto con el que parecía abrazar al mundo.

DUBROWSKI Y EL FARO

Aquella segunda noche en el almacén convertido en prisión, Nikolaj Dubrowski la pasó sin apenas dormir. Desde su camastro veía la luz del faro en su ir y venir intermitente. El joven ruso pensaba que se parecía al parpadeo de unos ojos hermosos. En concreto, de unos ojos que había dejado en su tierra natal, en la casa que había sido de sus antepasados y en la que ahora vivían veinticuatro familias. Recordaba los ojos siempre brillantes de Nadia, nieta de los que fueran guardianes de la finca, y de la que andaba enamorado desde que era niño, cuando su abuela no le dejaba apenas mirarla. Nadia se había convertido en su mujer varios años atrás, y se dedicaba a la agricultura de las tierras que habían sido de los Dubrowski durante siglos, y que ahora pertenecían a una cooperativa estatal. El viejo reloj de cadena de su abuelo era lo único que no le habían quitado los nazis cuando lo detuvieron. Lo llevaba colgado del cuello, entre su piel y el uniforme y ahí seguía. Por las noches lo abría, le daba cuerda, y contemplaba el retrato de Nadia que guardaba en el interior de la tapa. Durante años, había sido el rostro de su abuela el que lo miraba desde allí dentro, pero desde que se casara con la joven de los ojos brillantes, había colocado su fotografía recortada sobre el retrato pintado de su abuela. Algunas noches retiraba el papel para observar también la belleza de aquella pintura que reproducía los hermosos y delicados rasgos de la princesa en sus mejores tiempos. Entonces, Nikolaj se preguntaba qué habría sido de ella, si todavía estaría viva o no. Y dónde sonreiría. O dónde estaría enterrada.

Durante su segundo día en aquella costa supieron algo más acerca de su misión y del lugar donde estaban. El oficial al mando les dijo que estaban en Noruega, algo que ya imaginaban por la situación del mar y por el tiempo que habían estado embarcados. Les dijo que Noruega había sido invadida por el honorable (lo dijo así, honorable) ejército alemán el año anterior, concretamente el 9 de abril, y que a ellos les cabría el honor (también lo dijo así) de construir una de las primeras pistas de aterrizaje de la nueva Noruega dominada por las tropas hitlerianas (y también lo dijo así). Los soldados prisioneros se miraron unos a otros sin atreverse a decir ni palabra. Lo de la invasión del país escandinavo ya lo sabían, por supuesto, así como que el gobierno y el rey de Noruega no se habían rendido ante el ejército alemán, sino que habían iniciado una resistencia activa contra la invasión desde el primer momento. Todo eso lo sabían los ciento noventa y cinco jóvenes rusos prisioneros en la costa del fiordo de Trondheim, en la región de Fosen. De hecho, la invasión de Noruega se había producido un año y tres meses antes que el ataque alemán a la Unión Soviética. Lo que no se podían imaginar era que los iban a obligar a construir una pista de aterrizaje. Una pista de aterrizaje para aviones alemanes, desde donde les sería más fácil atacar tanto las posiciones de la resistencia noruega, como todo el norte de Rusia, donde se guardaban los submarinos que, pensaban ellos, iban a acabar con los nazis. Y sobre todo, iniciar la invasión de Inglaterra.

Su misión era, por tanto, facilitar el camino a la fuerza aérea alemana para seguir dominando el mundo. A Nikolaj le dio un escalofrío mientras miraba a uno de sus compañeros, el joven Feodor Pawlov, un muchacho al que Dubrowski había protegido desde que salieron en una primera misión contra barcos alemanes unos meses antes. Dubrowski había derribado el avión alemán que perseguía al bimotor de Feodor y este lo admiraba, respetaba y veneraba desde entonces. Por su parte, Nikolaj, cuando fueron arrestados, se erigió en su protector y siempre se sentó a su lado en la bodega del barco que los había traído. Feodor dormía en la litera de debajo de la suya y la noche anterior lo había oído llorar. Apenas tenía veinte años. Se había alistado en el ejército soviético porque quería ver mundo y salir de su pequeño pueblo. De pequeño, su madre le había leído las novelas de Salgari y las de Julio Verne y quería viajar por los mares y por los desiertos. Cualquier cosa antes que trabajar en la mina. La misma mina en la que su padre había muerto asfixiado en una explosión dos meses antes de que él naciera. La misma mina en la que su tío había trabajado y por la que no paraba de toser, con sus pulmones tan negros como el carbón que extrajo durante años. La misma mina en la que su mejor amigo del colegio había perdido un ojo y una pierna pocos meses antes de tomar la decisión. No. No quería vivir en la mina, ni en el pueblo minero. Quería ver el mar. Vivir en el mar. Por eso se había alistado en la fuerza aérea: para ver el mar desde el cielo. Para volar bien lejos de su oscuro, gélido y triste pueblo de la cuenca minera.

—Así que vamos a construir una pista de aterrizaje —le comentó Nikolaj cuando se sentaron a comer el rancho que les pusieron en su escudilla.

—Tal vez podamos robar un avión y huir —contestó Feodor.

El teniente Dubrowski levantó sus ojos de la comida para mirar, incrédulo, a su compañero.

—Como si fuera tan fácil robarles algo a los nazis. No ganaremos esta guerra entre tú y yo, te lo aseguro.

—Algún día volveremos a nuestro país, teniente. Ya lo verá.

Dubrowski se quedó mirando el mar desde el banco en que estaban sentados, y se quitó la gorra.

—Estamos en noviembre, Feodor. Construir esa pista nos llevará meses. Llegará el próximo invierno y aún estaremos aquí. El mar irá y vendrá millones de veces, pero nosotros seguiremos en esta costa. En ese barracón. En la misma litera con la misma manta. ¿Sabes?, nadie va a lavar tu manta. Ni la mía. Si tenemos suerte, seguiremos aquí dentro de un año.

—¿Si tenemos suerte? —preguntó el muchacho.

—El frío —musitó el teniente.

—Yo soy de Siberia, señor. Aguanto bien el frío.

—Lo aguantas bien en tu casa, con tu estufa y con tus mantas. Aquí no estamos en casa. ¿Ves a todos estos hombres? Muchos no llegarán al próximo invierno.

—Lo importante, mi teniente, es que usted y yo sí que lleguemos al próximo invierno.

Nikolaj Dubrowski miró fijamente los ojos temblorosos del sargento Pawlov y le dio una palmada en el hombro. Sus labios nunca habían dibujado una sonrisa más amarga.

LARS Y MERCEDES

Mercedes estaba sumida en la lectura del libro que la absorbía desde hacía varios días. Era una novela ambientada en la Segunda Guerra Mundial, que trataba de la amistad entre dos soldados rusos. Se la había recomendado su amiga Marisa, que además de amiga era compañera de trabajo. A ella le había gustado mucho, a pesar de que le producía dolor de estómago cada vez que terminaba un capítulo. Ella era así de sufrida. Mercedes le había dicho que no leería semejante cosa, por mucho que se la recomendara. Pero Marisa había insistido tanto que la había convencido. Mercedes tenía el estómago fuerte y la cabeza también. Leía mucho y nunca sufría con sus lecturas. Bastante tenía ella con la vida real: las historias que escuchaba cada día superaban cualquier ficción. «No hay escritor que sea capaz de inventarse algo así», solía decir cuando terminaba alguna de sus consultas y sus pacientes se marchaban. A veces tenía que tomarse un analgésico después de una hora de terapia con alguno de sus enfermos. Entonces sí que le dolía la cabeza, el estómago y hasta el alma. Pero no cuando leía novelas. Aunque lo que estaba leyendo en aquellos momentos, bien es verdad que era una novela, pero ambientada en una guerra que había sido cruel, terrible y sobre todo real. Muy real. Y además estaba ambientada en algún paraje de la costa de Noruega. Por eso se la había recomendado su amiga en cuanto supo que se iba de vacaciones a aquel faro perdido en medio del mar.

De repente sonó su teléfono móvil. Miró el número y contestó.

—¿Sí?

—Mercedes.

—Sí, soy yo.

—Soy Lars. Os llamo por si necesitáis algo. Para preguntar si estáis bien.

Mercedes se ruborizó ligeramente. «Qué amable» pensó.

—Pues no, no, no necesitamos nada. Todo está en orden. Valeria está pintando en su cuaderno de acuarelas. Y yo estoy leyendo en la biblioteca.

—¿No estáis tomando el sol?

—No. No da todavía en la terraza.

—Aquí en casa da el sol todo el día.

—Ya.

—Me preguntaba —se atrevió por fin Lars—, si os gustaría venir a cenar a nuestra casa.

Mercedes se quedó en silencio unos segundos. Valeria estaba en el piso de arriba, pintando, y no se estaba enterando de su conversación. Probablemente a su hija le apetecería muchísimo volver a ver a William. Pero a ella, en aquellos momentos, no le apetecía nada, pero nada, salir de la lectura, arreglarse, cruzar el mar, e ir de visita.

—Pues la verdad, Lars, muchísimas gracias. Pero mejor otro día. Hoy tengo un dolor de cabeza terrible. Me pasa un par de días al mes, ya sabes, cosas de mujeres —se excusó Mercedes con una mentira—. Si sigue en pie la invitación pasado mañana, estaremos encantadas de visitaros.

Lars lamentó la negativa de Mercedes pero se creyó la explicación y no insistió. A su lado, William se quedó un tanto decepcionado porque se había hecho ilusiones de volver a verse con Valeria. Mercedes suspiró mirando al techo. Necesitaba tranquilidad y soledad. Estaba cansada de vida social, de tener que hablar constantemente. Incluso de tener que escuchar las palabras ajenas. Estar sentada en aquel sofá, leer, beber el té aunque fuera en una vieja taza rota, hacer la comida para ella y para Valeria... Todo eso era lo más a lo que aspiraba durante sus días de vacaciones. Lars era un hombre encantador. Y su hijo también. Pero un par de jornadas sin visitas, sin caras y sin voces ajenas, eran un regalo y una necesidad a los que no estaba dispuesta a renunciar.

VALERIA Y SUS ACUARELAS

Valeria se había traído su cuaderno de pintar y su caja de acuarelas. Todas las tardes de los miércoles durante el curso, las dedicaba a ir a la academia de pintura. Desde pequeña había mostrado una aptitud especial para la pintura. Le quitaba los bolígrafos a su madre y enseguida empezaba a hacer dibujos en todas las superficies lisas que veía: desde los folios que Mercedes le daba, hasta el sofá blanco de piel por el que, pensaba la niña, la tinta se deslizaba mejor que en ningún otro lugar. Mercedes se pasó muchas horas de la infancia de su hija con un trapo humedecido en leche para limpiar la tinta que iba dejando por todos los lados. Lo peor fue cuando un día Valeria, a fuerza de morder un bolígrafo rojo, hizo que se le saliera toda la tinta encima de la colcha de encaje blanco que tenía Mercedes en su cama. Una colcha que había hecho su abuela durante años. Cuando llegó desde el despacho al dormitorio y vio la cama teñida de rojo, se asustó muchísimo porque pensó que era sangre y que la niña tenía o una herida brutal en algún lugar o una hemorragia. Empezó a llorar y llorar pensando que su hija se moría. La miró y la remiró y no encontró rastro de sangre por ningún agujero corporal ni natural ni provocado. Pero todo estaba rojo. Después del examen corporal al que la sometió su madre, la pequeña recogió de debajo de la cama el boli causante, y salió con él en la mano. En ese momento, Mercedes dejó de llorar y Valeria se juró que nunca más mordería un bolígrafo.

Pero no se había jurado nada acerca de los pinceles. Cuando tenía dudas sobre qué color poner, o sobre qué tipo de pincelada dar, mordía el pincel. Su profesor de pintura solía decirle que el cuadro debería estar en la cabeza antes de empezarlo en el lienzo, pero ella no estaba de acuerdo. A ella le gustaba ir creando sobre la marcha, sin tomar decisiones previas. Pensaba que un cuadro era como la vida, que de antemano uno sabe que va a terminar, pero no sabe ni cómo ni cuándo. La vida se iba haciendo paso a paso y el cuadro pincelada a pincelada.

De momento, lo que Valeria intentaba pintar era un mar. Un mar tranquilo en el que empezaban a adivinarse las crestas de algunas olas. Manejaba una paleta de azules que iba combinando sin que el resultado se pareciera a lo que veían sus ojos. La muchacha también pensaba que una pintura no tiene que imitar la realidad, que para eso ya están las fotografías. Ella opinaba que un cuadro tiene que reflejar lo que ven los ojos del alma, no los de la cara. Esa era la razón, según Valeria, de que un mismo cuadro a una persona le gustara y a otra no. Si había sintonía entre el alma del artista y la del espectador, la pintura hablaba. Si no, callaba. El problema es que a veces callaba para siempre. Al menos eso le pasaba a algunas de sus obras, que no las sentía, ni las entendía nadie, ni a nadie le gustaban. Ni siquiera a su madre, que solía ser muy positiva con las actividades de Valeria. Cuando ocurría esto, no decía nada, solo torcía la boca en un gesto muy suyo cuando quería decir que algo no estaba como debería. Luego sonreía y le decía: «Sigue, sigue, no te preocupes que ya lo conseguirás». Y claro, cuando le decía eso, Valeria se desesperaba. A veces rompía el papel, otras veces simplemente lo corregía. Y otras lo colgaba tal cual en alguno de los pocos rincones de sus paredes que quedaban sin cubrir.

Intentaba Valeria destacar una de las olas, cuando sonó su teléfono.

—¿Sí?

—Valeria, soy William. ¿Qué tal?

—Bien, qué sorpresa que hayas llamado. —A Valeria se le cayó el pincel y el vaso de agua se le derramó encima del pantalón—. ¡Mierda!

—¿Cómo dices?

—No, no, nada. Que se me ha caído una cosa. No te lo decía a ti.

—Ah, vale. Me quedo más tranquilo. Valeria.

—¿Qué?

—Me preguntaba si te apetecería venir mañana a la costa. Te podría enseñar el almacén y luego podemos ir a comernos unas *crêpes*. Hay un sitio en el pueblo donde las hacen muy buenas.

—Me encantaría. Espera que le pregunte a mi madre. Vendrías tú con tu barco ¿verdad?

—Sí, claro. No te voy a dejar con el bote de remos. Y nadando me parece que... —bromeó—, que no.

—Espera un momento. ¡Mamá! —gritó desde la terraza.

—¿Qué pasa?

—Es William.

Mercedes arqueó las cejas. Pensó que ahora era el hijo el que intentaba invitarlas a cenar.

—¿Y qué quiere William?

—Me invita a ir al pueblo mañana. A visitar el almacén que no vimos el primer día. Me vendrá a buscar. ¿Te parece bien?

—Me parece de perlas —contestó aliviada.

—¿No te apetece verlo?

—Iré otro día. Por el momento, me apetece estar aquí tranquilamente.

—Vale —dijo a su madre—. William, sí, estupendo. ¿A qué hora te parece bien? Sin madrugar, ¡eh!

—¿A las once?

—A las once está muy bien. Gracias, William.

—De nada.

William cerró el teléfono y miró a su padre arqueando sus cejas. Lars se encogió de hombros.

—Has tenido más éxito que yo.

Y ambos se echaron a reír. De pronto, Lars se dio cuenta de que hacía mucho tiempo desde la última vez que se había reído así.

TERCER SUEÑO DE VALERIA

Aquella noche, Valeria volvió a soñar con el farero. Estaba a su lado, sentado en una butaca junto a su cama, y la miraba dormir.

—¿Sabes, Valeria? Estás muy bonita también cuando duermes. William ha tardado mucho tiempo hoy en dormirse. Es raro, normalmente cae enseguida, pero hoy debe de estar muy nervioso por algo.

—He quedado con él para mañana —explicó la chica.

—¿Y dónde te va a llevar esta vez?

—Al almacén del puerto.

Erlend Nilsen se levantó de un salto con un gesto contrariado. A Valeria le pareció que sus arrugas habían desaparecido de repente.

—¿Al almacén del puerto? ¿Acaso no tiene ningún lugar mejor donde llevarte? Ese es un lugar inhóspito, frío, desagradable. Y triste, muy triste —dijo contundente, y se volvió a sentar.

—Lars nos dijo cuando llegamos que es una especie de museo de la guerra. De la Segunda Guerra Mundial.

—¿Y te parece que un museo de la guerra puede ser algo diferente a un lugar «inhóspito, frío, desagradable y... triste»? ¿Has visto alguna guerra que no sea así? Las guerras son terribles, niña. Ese lugar está lleno de recuerdos del dolor. No es para una niña como tú, a la que le gusta bailar, y pintar y...

—¿Cómo sabe usted que a mí me gustan esas cosas?

—No olvides que estoy dentro de tu sueño, de tu cabeza.

Valeria se quedó pensando unos segundos. Bien mirado, tenía razón, pero era muy raro.

—¿Dónde estaba usted durante la guerra? —le preguntó Valeria, sin saber si la pregunta era oportuna o no.

—Aquí, muchacha, aquí. Me pasé los cinco años de la ocupación alemana en este faro.

—¿Sin salir?

El farero se volvió a levantar y empezó a caminar por la habitación.

—Va a despertar a mi madre.

—Tu madre no se despierta tan fácilmente. Está soñando con mi hijo.

—¿Usted cree?

—Sí. ¿Por qué haces tantas preguntas?

—Bueno, es lo normal, ¿no? Me gusta saber. Soy curiosa.

—Ya veo. ¿Y solo te va a llevar mi nieto a ver ese «museo»?

—No, ha dicho que luego iremos a comer *crêpes.*

—Eso está mejor. Hay un sitio donde las hacen muy ricas. Al menos cuando yo era joven las hacían muy bien. Siempre que íbamos a tierra, invitaba a mi mujer a comer unas muy buenas que hacían con mermelada de frambuesas y nata.

—Eso suena muy bien, señor Nilsen. Me está entrando hambre.

—Pues a mí me está entrando una sed terrible. ¿Me acompañas a la cocina?

Valeria se levantó y ambos fueron a la cocina. La chica sacó un poco de queso de untar y se comió una rebanada de pan de ocho cereales. El abuelo de William sacó un vaso del armario y abrió el grifo.

—Mi madre descubrió la taza rota —reconoció Valeria.

—¿Y qué le dijiste?

—La verdad, que la había roto usted.

—Bueno, bueno, ya veo que no eres capaz de guardar un secreto de lealtad a un amigo —dijo muy serio el farero.

—No sabía que era un secreto, señor...

—Y no lo era, estaba bromeando. Por cierto, pequeña.

—No me llame pequeña. Que ya tengo quince años.

—¡Ah, quince años! Yo también los tuve. Y pensaba que me comía el mundo. Y lo único que me comía era el pan que me daban. Pero sin queso. Pan sin queso. Ese era el menú de mucha gente durante la guerra... —Se quedó cabizbajo—. ¿Pero qué hago yo hablándote de la guerra? No. No voy a hablarte de eso. En cambio, te voy a contar un secreto.

—¿Un secreto?

—Sí, algo que no debes contarle a nadie. Eso es lo que significa la palabra «secreto».

—Mi madre dice que no debemos tener secretos la una con la otra.

—Si tu madre dice eso es que..., es que ... —Erlend Nilsen no sabía qué decir sin ofender a Mercedes—. Es que no tiene razón. Todos tenemos secretos. Y ella también. Seguro.

—No sé.

—Ahora está soñando con Lars, ya te lo he dicho. Y seguro que mañana no te lo dice. Aunque le preguntes, te dirá que no.

—A lo mejor es que no se acuerda de lo que sueña. A mí me pasa algunas veces.

—A ella no le va a pasar. Recordará perfectamente su sueño con mi hijo. Pero no te dirá ni mu.

—Bueno, vale. ¿Cuál es ese secreto? —preguntó curiosa Valeria.

—¿No te has preguntado nunca de dónde viene esta agua?

—Yo no, pero mi madre sí.

—¡Ah, amiga! —exclamó—. Tu madre también es una mujer curiosa. Así me gusta.

—¿De dónde viene?

—Viene de la lluvia. Y se recoge en un aljibe que se convierte en una especie de pozo. Ven conmigo.

Erlend Nilsen cogió a Valeria de la mano y la llevó al pequeño cuarto que había entre su dormitorio y la cocina. Un espacio de unos seis metros cuadrados que hacía de despensa.

—Mira el suelo. ¿No ves algo diferente en algún lugar?

Valeria observó el suelo de madera. Todas las tablas le parecían iguales. No vio nada distinto.

—No, todo está igual.

—No. Todo no está igual. Mira aquí.

Y el viejo farero se agachó justo en el centro de la habitación. Tocó una tabla con uno de sus dedos.

—Aquí hay una especie de ranura, ¿no la ves?

Valeria se acercó y efectivamente, vio algo. Erlend levantó varias tablas que formaban una puertecita cuadrada en el suelo. Tan escondida que nadie la podía ver. A menos que conociese su existencia.

—¡El pozo! —exclamó—. Cuando era niño no había grifos y sacábamos el agua de ahí abajo. Es agua de lluvia.

—Entonces no es un pozo.

—Qué meticulosa eres, hija. Ya te he dicho que en realidad es un aljibe, pero siempre lo hemos llamado «pozo».

—¿Y todavía hay agua? —preguntó cada vez más y más curiosa.

—Claro. Escucha.

El señor Nilsen se sacó una moneda del bolsillo y la tiró al agujero. Unos segundos después se oyó el ruido del agua al recibir la moneda. El viejo farero sonrió satisfecho, a la vez que Valeria se preguntaba por qué los fantasmas llevaban monedas en los bolsillos. Pero enseguida se dio cuenta de que su reflexión era una tontería porque, al fin y al cabo, estaba dentro de un sueño. Y en los sueños pasaban cosas muy raras. Aunque claro, pensándolo bien, lo que realmente era raro era estar ahí, hablando con un fantasma.

—Mi madre estará encantada de saber que...

—¡Eh, eh, alto ahí, niña! Hemos quedado en que esto era un secreto. No puedes decírselo a tu madre. Ya se enterará, no te preocupes. Pero por el momento, este es un secreto entre tú y yo, ¿de acuerdo?

—¿Y William?

—William ya lo sabe desde siempre. Y Lars también, por supuesto. Por eso te digo que tu madre se enterará enseguida. Pero de momento, entre tú y yo. ¿Palabra de honor?

El viejo farero extendió su mano para estrechársela a Valeria, que la sintió más caliente de lo que la esperaba.

—Trato hecho, señor Nilsen.

—Así me gusta. Y ahora, vuelve a la cama y sigue durmiendo. A lo mejor ahora sueñas con William.

Y Erlend Nilsen se marchó con pasos muy lentos y pensativo. Valeria se metió en la cama y soñó con William, como había previsto su abuelo.

Despertó con una sed inmensa, infinita. Tan grande que le entraron ganas de beberse el mar entero, si su agua no fuera salada. Se levantó antes que su madre y empezó a hacer el desayuno. Abrió el grifo y se sirvió un vaso que había en el fregadero sin recoger. Se lo bebió de un tirón y se acordó del sueño, del pozo, de la moneda... Fue hasta la despensa a ver si encontraba la puerta escondida. Se agachó pero no encontró ninguna ranura. Movió la cabeza para despejarla de sueños de fantasmas. No. No había puerta secreta. Era ella y solo ella la que la había creado en su sueño. Es decir, en esa parte escondida de la imaginación que no somos capaces de controlar.

—¿Qué haces ahí tirada?

—No estoy tirada, mamá. Es que..., es que..., —Valeria mentía francamente mal—. Es que se me ha derramado un poco de agua y la estaba secando.

—Ah. Bueno, ya veo que has empezado a preparar el desayuno. Pan con queso y cereales con leche. Y un zumo de naranja y un maravilloso té de frutas del bosque. No hay nada mejor —dijo mientras se desperezaba y estiraba los brazos hasta ponerlos en cruz—. Me siento como una reina esta mañana. He dormido estupendamente.

—¿Qué has soñado?

—Mmm... —Mercedes volvió a estirar sus brazos y en su boca se posó una sonrisa radiante—. No me acuerdo.

—Mamá...

—No, que no me acuerdo, de verdad —Mercedes mentía mejor que su hija.

—Pues ha debido de ser algo estupendo, porque tienes una cara... luminosa.

—Sí, me siento luminosa. Hala, a desayunar.

Y Mercedes dio por zanjada la conversación sobre su sueño.

LA EXCURSIÓN AL ALMACÉN

William se presentó en el faro a la hora convenida. No necesitó llamar al timbre. Valeria lo esperaba en la puerta enfundada en el chaleco salvavidas. El chico la había divisado desde el mar: un punto amarillo en la parte inferior de la torre le indicaba que su amiga se hallaba ya en disposición. La muchacha lo había visto desde una de las ventanas y se había apresurado a arreglarse para comenzar su excursión. Mercedes se duchó despacio y salió a la terraza con otra taza de té y su libro. Antes, eso sí, se volvió a preguntar de dónde demonios vendría toda el agua que utilizaban su hija y ella.

—Buenos días, Valeria.

—¿Qué tal, William? Parece que el mar está un poco movido.

—No, no mucho. La marea está alta y solo vas a tener que bajar dos peldaños hasta la barca.

—Estupendo.

El joven la ayudó a entrar en la embarcación, que siempre se movía más de la cuenta al recibir a alguien. Al menos, eso era lo que pensaba Valeria. Se sentó junto a su compañero y se pusieron en marcha.

—¿Quieres coger el timón? —le preguntó a gritos William.

—¿Qué dices? —preguntó ella que creyó no haberlo oído bien.

—Que si quieres coger el timón —repitió.

—Pues no. No sé conducir este cacharro.

—No lo llames cacharro. Era de mi abuelo.

—No, no, no quiero. Me da miedo. No sé conducir nada sobre la tierra, ni siquiera una bicicleta. Conducir sobre el mar ya me parece de matrícula de honor, como dice mi madre. No. Te lo agradezco.

—No es tan difícil. Yo lo hago.

—Pero lo habrás aprendido en algún sitio, ¿no?

—Sí, mi padre me ha enseñado. Y en el instituto también he estudiado y hecho prácticas de navegación.

—¡Casi no te oigo! —dijo ella en voz muy alta—. Hablamos cuando lleguemos. Con el ruido del motor y el del agua es imposible comunicarse.

—Vale, como quieras.

Y siguieron navegando unos minutos hasta el puerto. El mar, como había dicho Valeria, estaba más movido que los días anteriores; aunque no hacía frío, el viento creaba más olas que en otros momentos, y el desayuno de la muchacha amenazaba con salir del lugar donde estaba alojado. Tanto subir y bajar e ir de un lado a otro como si el barco fuera un caballo desbocado, había alterado el proceso digestivo del pan, de la mermelada, del té e incluso del zumo de naranja. La piel de la chica se iba tiñendo de blanco y sus ojos se iban alargando más y más.

—¿Te pasa algo? —le preguntó William cuando entraron en el puerto.

—Voy a vomitar.

—No vomites en el barco. No quiero que se manche. Espera a que lleguemos al almacén. Hay un cuarto de baño.

Valeria se lo quedó mirando suplicante. En ese momento pensó que William era un egoísta que anteponía la limpieza del bote a la de su sufrido estómago. El chico siguió el proceso de atraque y no se dio cuenta de nada. Pero la muchacha no pudo esperar. Sacó la cabeza por la borda, como hiciera el primer día, y de su boca salió todo aquello que había ingerido un rato antes. Cuando salió del bote, su piel había recuperado el color habitual y sus ojos volvían a tener el mismo tamaño de siempre.

—Tienes mejor cara.

—Estoy mejor, gracias —dijo, con una sonrisa forzada—. Solo tengo un extraño sabor en la boca.

—Será la sal del mar que trae el viento.

—Sí, claro. Eso será —concedió ella.

William sacó las llaves del bolsillo y abrió el almacén. Valeria le preguntó por el servicio y entró. No había espejo y no pudo ver su cara de recién vomitada. Abrió el grifo, se lavó la boca, se enjuagó varias veces hasta que comprobó que ya no apestaba, y salió.

—Ya está.

—Estupendo —exclamó el muchacho—. Bueno, verás, este lugar en el que estamos es muy especial por muchas razones. Tiene nombre, como muchas casas. Se llama *Guldteibrygga.*

—¿Y eso quiere decir algo en noruego?

—Algo así como «la casa del tejado dorado».

—Pues no me ha parecido que fuera dorado. En China sí que hay tejados dorados. Los emperadores mandaban construir pagodas de oro puro.

—¿Has estado en China después de que tu madre te adoptara?

—No. Pero he visto fotos y películas. Y eso de ahí fuera —y señaló el techo—, no se parece en nada a los dorados de los palacios y los templos de China.

—Será porque esto no era ni un palacio ni un templo. Fue una prisión durante la guerra como te dije.

—De soldados rusos, ¿no? Lo dijo tu padre cuando llegamos. ¡Pobres!

—Sí, muy pobres. Vamos dentro. Te gustará.

—Bueno, la verdad es que no creo que me guste. En realidad, un museo de la guerra debe de ser un sitio, inhóspito, desagradable, frío y triste, muy triste. ¿No te parece? —Valeria había repetido los adjetivos con los que Erlend Nilsen se había referido al almacén durante su sueño. Pero la chica no se acordaba.

—Sí, supongo que sí. Pero es un lugar histórico y es interesante visitarlo. Conocer la historia nos ayuda a no repetirla. Eso dice mi profesor de Ciencias Sociales.

—Pues el mío dice que no aprendemos. Que repetimos y repetimos, que tropezamos y tropezamos en la misma piedra una y otra vez.

—Bueno —dijo el muchacho—. ¿Lo quieres ver o no? Si no te apetece, nos vamos directamente a comer unas *crêpes* y lo dejamos.

William puso cara de decepción y Valeria decidió ser amable.

—Está bien. Vamos a verlo. Será interesante. Aunque sea triste, frío y desagradable e inhóspito —concedió.

—Eso ya lo has dicho.

—Sí, pero suena bien, ¿no?

—Sí, claro. De hecho, suena «demasiado» bien. «Inhóspito» no es una palabra que usen mucho las personas de nuestra edad.

—Tienes razón —admitió ella—. De hecho, es una palabra que yo tampoco utilizo. No sé por qué lo he hecho ahora. En fin...

En la entrada estaba el cuarto de baño, y una cocina para los voluntarios que administraban el museo y el faro. A continuación se abría la puerta que daba acceso al museo. Una escalera a la izquierda llevaba al segundo piso. Lo primero que notó Valeria fue un extraño olor que impregnaba todo.

—Huele raro —dijo.

—Huele a madera vieja. Y a pescado. Y a la brea que se ha utilizado durante décadas para proteger la madera —explicó el chico.

—No. No solo eso. Huele a..., no sé. Huele a dolor. A sufrimiento. —Valeria frunció el ceño al decirlo, y sus ojos se escondieron más allá de sus delgados y estrechos párpados.

—¡Vamos! El dolor y el sufrimiento no huelen —afirmó tajante su compañero.

—¡Claro que huelen! ¿No has visto a los perros? Huelen el miedo. Cuando una persona los teme, lo notan porque lo huelen. Si el miedo huele, los demás sentimientos también es posible que huelan. ¿No lo habías pensado nunca?

—No, la verdad es que no.

—Aquí huele a dolor, a sufrimiento y... a miedo —insistió Valeria.

Y se separó de William para caminar por aquel espacio lleno de viejos recuerdos mezclados con aparejos de pesca y con restos de barcos. En una esquina se posaba un mascarón de proa, parecido al que había en el faro: una sirena de mirada penetrante. A la chica se le revolvió de nuevo el estómago, pero como no le quedaba nada dentro, el problema no pasó de ahí. Dejó de mirarla y siguió adelante. De las vigas colgaban viejos mástiles de embarcaciones de poco calado y restos de velas que antaño habían, seguro, tenido otro color. Jalonaban ambas paredes laterales sendos aparadores con expositores. Dentro se guardaban objetos que habían pertenecido a los soldados prisioneros. Varias fotografías mostraban sus rostros ajados y melancólicos. En otras imágenes, oficiales de uniforme daban órdenes. Valeria pensó que a los nazis les encantaba que los fotografiaran. Se preguntó por qué el horror necesitaba de tantos testigos.

—Gracias a las fotos se pudo juzgar a muchos criminales de guerra —le explicó William, como si le hubiera leído el pensamiento.

—Ya —contestó ella.

Se quedó mirando un cuaderno abierto de páginas amarillentas. La tinta había escrito palabras que no entendía.

—Es un diario. El diario de uno de los soldados rusos prisioneros. Está escrito en ruso.

—¿Y por qué no lo tiene su familia? —preguntó Valeria.

—Nadie sabe de quién es. No lo firmó. Como era su diario y era para él, no puso su nombre. Él sabía quién era.

—Claro —asintió la muchacha, que tampoco firmaba sus diarios.

—Además, la mayoría de las páginas se mojaron en algún momento y la escritura se desvaneció. Apenas queda media docena de hojas escritas. ¿Quieres verlas? Tengo aquí la llave.

—No, no. Mi madre dice que los diarios de otras personas no deberían leerse. Aunque sean escritores famosos que lleven siglos muertos. Ni los diarios ni las cartas. Es algo demasiado privado.

—Mi padre dice lo mismo. De hecho, nunca le ha dado a nadie a leer ese diario. Pero reconozco que a mí sí me gustaría saber qué pone.

—Tendrás que empezar por aprender ruso —bromeó Valeria mientras le daba un codazo al chico. ¿Y esto qué es? —preguntó mientras señalaba unos folios mecanografiados.

—Es una lista de nombres de soldados.

—¿Y esos números?

—Las fechas en las que murieron. De los ciento noventa y cinco prisioneros, sesenta murieron entre 1941 y 1942. Sobre todo de frío. Aquel invierno fue especialmente duro en estas tierras.

—Pero ahí no hay sesenta nombres. Hay muchos menos —observó Valeria.

—Cierto. Solo hay treinta y tres nombres. De los veintisiete fallecidos restantes no se sabe nada. De ellos los alemanes no escribieron, o lo que es más probable, se perdió la hoja en la que estaban sus datos —explicó William.

—Ahí tenemos nombres. Y ahí —señaló una de las fotos que colgaban de la pared— están sus rostros. Me pregunto quién será quién.

William sonrió levemente.

—Yo también me lo pregunto cada vez que miro esas caras y leo esos nombres. ¿Quién era quién? ¿Qué vida habían vivido cada uno de ellos hasta que fueron apresados y traídos aquí en la bodega de un barco enemigo? ¿A quién dejaron en su país? ¿De quién estaban enamorados? ¿Tendrían hijos, madres, padres? —El chico miraba el suelo mientras hablaba.

—Dolor, sufrimiento, miedo —repitió Valeria—. Sus caras muestran esas tres cosas. Y otra más. Al menos otra más.

—¿Cuál?

—Soledad. Mucha soledad. A pesar de ser casi doscientos, están solos. Muy solos —comentó ella.

—Tengo un favorito entre todos ellos, ¿sabes? —dijo el muchacho.

—¿Quién?

—Este. —Y William señaló a uno de los hombres que estaban sentados en un banco a la izquierda de la puerta del almacén. Un hombre cubierto con una gorra—. Debía de ser capitán.

—¿Por qué lo crees?

—No sé, me lo imagino. Parece que su chaqueta es diferente, y la gorra de plato no es como las de los demás. Para mí es el capitán. ¿Cuál es tu preferido?

—No sé. Apenas los conozco. Para ti deben de ser como de la familia. Vamos a ver. —Y Valeria observó minuciosamente aquellas caras dolientes—. Tal vez este de ahí, el joven que está a su lado, el que lleva un pañuelo en la mano. Parece que se está limpiando los dedos.

—¿Quieres ver el piso de arriba? Ahí es donde dormían.

Valeria asintió y subieron por la escalera de madera. El piso de arriba estaba abuhardillado y tenía el mismo olor que el de abajo.

—Ahora no queda nada de aquel tiempo. Solo la estructura. Según mi padre, había literas, unos camastros infames. La madera se cortó para leña cuando terminó la guerra.

—Algunos eran afortunados —dijo Valeria con una sonrisa amarga y los ojos húmedos.

—¿Por qué?

—Algunos dormían junto a la ventana y tenían vistas al mar. Un privilegio —comentó entre irónica y melancólica.

Ambos acercaron sus rostros al ventanuco. Tanto que sus frentes se tocaron.

—Alguien veía el faro desde la cama —reconoció William—. No lo había pensado nunca.

—Alguien, tal vez, soñaba con algo hermoso todas las noches gracias a la luz del faro.

—Quizás soñaba con los ojos de una mujer —dijo el chico.

—Vamos a pensar que era tu preferido.

—O el tuyo.

—O ambos. Pensemos que uno dormía en la litera de abajo y otro en la de arriba, y que los dos podían ver el faro —sugirió Valeria.

—Sí. La imaginación es libre. Podemos pensar lo que queramos.

—Sí, como ellos. A pesar de estar prisioneros, su imaginación también era libre.

Valeria se retiró de la ventana para evitar que William viera las lágrimas que rodaban por sus mejillas. Estar en el mismo lugar donde tantos hombres habían sufrido tanto dolor por culpa de otros hombres, le provocaba una extraña sensación de vértigo. La vida podía ser tan hermosa y tan terrible que daba miedo. El joven sentía lo mismo, pero optó por cambiar de conversación.

—Y ahora, ya ves, aquí arriba lo que hay son los chalecos salvavidas, trajes de neopreno para bucear, aparejos para pescar, mapas marinos. En fin, nada que ver con lo que hubo en aquellos años.

—Oye, William. ¿Para qué trajeron a este lugar a todos esos pobres prisioneros? Aquí no hay ninguna ciudad, ni un puerto importante. ¿Por qué?

—Los trajeron desde Rusia para construir algo. Los nazis no construían nada. Utilizaban a sus prisioneros como esclavos.

—¿Y qué es lo que construyeron? —preguntó Valeria.

—Un aeropuerto. Construyeron un aeropuerto. La pista que se utiliza hoy todavía es la misma que ellos, los hombres que vivieron aquí, hicieron.

Valeria y William se miraron unos segundos sin decir nada. Bajaron las escaleras. Valeria regresó junto al aparador para observar de nuevo las caras de los prisioneros. Quería retenerlas en su memoria para que pudieran vivir allí dentro, en las galerías de su recuerdo. Luego se giró, se acercó a donde estaba William y lo cogió de la mano. No sabía por qué, pero en aquel momento necesitó sentir la mano reconfortante del joven William Nilsen.

EL AEROPUERTO

Aquella mañana, después de hacer la instrucción, los oficiales nazis mandaron sentar a sus prisioneros en los bancos que había junto al almacén. En los mismos bancos donde les daban de comer. De pronto, apareció un hombre más alto y más delgado que los demás. Llevaba una enorme cámara de fotos que apoyó en un trípode. El hombre llevaba unos guantes de lana que dibujaban una estrella de hielo. Los soldados lo miraron con envidia. Los guantes de todos estaban ya tan desgastados que no cumplían con su cometido y tenían los dedos cada vez más ateridos. El comandante les informó de que aquel hombre les iba a tomar unas fotografías para que sus mandos y Europa entera supieran que se les trataba como a príncipes en aquel lugar perdido de la costa. Nadie osó comentar nada al respecto y todos se quedaron callados, mirando el objetivo de la cámara una y otra vez, hasta que el fotógrafo se retiró.

Acto seguido, el comandante los mandó formar de nuevo y les dio nuevas instrucciones.

—Señores, su entrenamiento ha terminado. Ya están en condiciones de trabajar. Empezarán hoy a servir al Tercer Reich. Esos camiones —señaló el otro lado del camino— los llevarán hasta detrás de ese monte, donde empezarán a construir la pista de aterrizaje que traerá a nuestros aviones hasta esta parte de Europa, para desde aquí emprender la conquista de Inglaterra. Y también la del norte de su país, su amada Rusia, que pasará a ser una parte primordial de nuestro imperio, gracias a ustedes. Ni que decir tiene, que cuando acabe la contienda, serán recompensados por su labor.

—Eso quiere decir que en vez de ahorcarnos nos fusilarán —musitó con una voz apenas perceptible uno de los soldados que formaban detrás de Nikolaj.

—Hoy recibirán una ración doble de cena cuando regresen del trabajo. Allí se encontrarán con los capataces que les indicarán lo que tienen que hacer. Que pasen un buen día. Y ahora, en fila a los camiones. Teniente Halsen, dé las órdenes.

—Sí, señor —obedeció el teniente, juntando sus talones con un golpe seco que oyeron todos los prisioneros.

Los ciento noventa y cinco hombres caminaron en silencio y en fila hasta los tres camiones. Una vez arriba se atrevieron a hablar.

—No vuelvas a decir nada, Quirov, o nos fusilarán a todos antes de que cambie la luna —espetó Dubrowski al soldado que había hablado en la formación.

—Lo siento, mi teniente. Me ha salido así.

—Pues intenta que no te vuelva a salir nada cuando esté hablando un oficial. Esto no es un juego de niños. Esto es una guerra.

—Sí, señor. No volverá a ocurrir.

—Aquí puedes decir lo que te dé la gana. ¡Pretenden que estemos orgullosos de que Rusia pueda formar parte de su nauseabundo imperio! —exclamó Nikolaj Dubrowski.

—Eso no ocurrirá nunca —afirmó tajante Feodor Pawlov, que se había sentado a su lado.

—Y nosotros vamos a contribuir a que ganen la guerra. Sería mejor morir antes que ver el mundo en sus manos —continuó el teniente.

—Vivos todavía podemos hacer algo —comentó otro de los jóvenes soldados, el sargento Vladimir Ivanov—. Somos muchos. Más que ellos.

—Pero ellos tienen armas, no lo olvides —replicó Pawlov.

—De momento lo único que podemos hacer es trabajar para mantenernos con vida. Ya iremos pensando algo —dijo Nikolaj.

—Algo —repitió Pawlov.

Pocos minutos después llegaron al lugar del trabajo. No había grúas, solo un par de tractores, muchas palas y picos. Los hicieron formar para recibir las órdenes. Un desconocido de unos cuarenta años, vestido con un uniforme alemán que le venía muy grande, se puso frente a ellos. El teniente Halsen les habló.

—Este es el señor Andersen. Va a ser el capataz de las obras. Es geólogo y conoce bien estas tierras. Os dará instrucciones.

Dubrowski miraba a un lado y a otro. Estaban en medio de un campo que era demasiado pequeño para construir en él una pista de aterrizaje.

—Como podéis ver, este terreno es bastante montañoso —empezó a explicar el señor Andersen—. No hay ninguna explanada suficientemente amplia para convertirla en campo de aviación. Por eso hay que aplanar el terreno. Ese montecito que tenemos ahí delante —señaló con el brazo unas protuberancias de la tierra que no llegaban a formar una colina— tiene que desaparecer. Ese va a ser vuestro primer trabajo. Pulverizarlo, reducirlo a la nada. Cada uno cogerá un pico y en una semana quedará eliminado.

—Señor —se atrevió a decir Feodor ante la mirada asustada de Nikolaj y de algunos de sus compañeros. ¿No les había dicho el teniente que se quedaran callados?—. Si me lo permite, con unas cargas de pólvora bien colocadas se podría volar la colina y adelantaríamos el trabajo.

—¿Quién te ha dado vela en este entierro, muchacho? —preguntó el teniente Halsen—. Tú estás aquí para trabajar, para oír, ver y callar. Si vuelves a contradecir mis órdenes o las del capataz Andersen te vuelo la tapa de los sesos aquí mismo. ¿Te ha quedado claro?

—Sí, señor —contestó sin atreverse a levantar la mirada del suelo.

—Más alto.

—Sí, señor —alzó un poco la voz.

—¡Más alto!

—¡Sí, señor! —gritó al tiempo que levantaba también su rostro para mirar fijamente al teniente.

—Que te quede claro —le dijo Halsen con la mano apoyada en la culata de su pistola—. Y ahora, a trabajar todo el mundo. Y no os olvidéis de algo. Tenéis a cien soldados armados a vuestro alrededor. Cualquier muestra de indisciplina se considerará una traición al Reich y moriréis inmediatamente. Sería una lástima. Ah, se me olvidaba, no podéis hablar entre vosotros en ningún momento mientras estéis trabajando. Conversad cuanto queráis cuando volváis a la base. Mientras tanto, a picar. Las preguntas que tengáis solo las podéis dirigir al capataz o a sus ayudantes. ¿Entendido?

Todos callaron.

—¿Entendido? —gritó.

A lo que todos respondieron con un «Sí, señor» que se debió de escuchar hasta en las casas que había al otro lado de las montañas. Tal vez incluso en el faro rojo que se podía ver desde allí, y al que de vez en cuando Dubrowski dirigía sus ojos, cuando se erguía para tomar un poco de aire y desentumecer los brazos y la espalda.

La tierra estaba helada, con lo que el esfuerzo de introducir el pico en sus entrañas era mayor de lo esperado. Había trozos en los que habría sido necesaria un hacha para cortar la tierra. Recordaba Nikolaj el día del entierro de la nodriza que lo había criado. Tenía siete años pero guardaba en su memoria aquel momento con exactitud. La mujer había muerto en invierno y, como no pertenecía a la familia, no podía ser enterrada en el panteón cerrado de los Dubrowski, sino en el cementerio. La tierra estaba tan helada que los enterradores no podían abrirla con las palas. Hubieron de servirse de un hacha para cortar a pedazos el rectángulo donde iba a reposar el cuerpo de su querida Olga. De eso se acordaba Nikolaj mientras hundía su pico una y otra vez en aquel montículo, que debía hacer desaparecer junto con sus hombres. El frío era intenso, pero el trabajo los hacía entrar en calor. Era lo único bueno de estar allí, al aire libre, durante aquellas pocas horas de luz natural. En cuanto el sol se puso, los soldados los iluminaron con unos enormes focos móviles y siguieron picando la tierra, hasta que el frío fue tal que al oficial no le quedó otro remedio que dar la orden de regreso.

—Hoy vamos a dormir bien, mi teniente —le dijo Pawlov a Dubrowski cuando se acostaron en sus literas—. ¿Sabe?, me alisté en el ejército para evitar el pico en las minas de mi pueblo. Y ahora me toca picar a merced del viento y del hielo. Al menos, en la mina habría estado bajo cubierto —intentó bromear—. ¡Qué callado está! ¿Se ha dormido ya?

—No, no me he dormido. Pero cállate ya. Estoy muy cansado y tú también. Así que a dormir. Y no te quejes tanto del frío. En tu pueblo hace más frío que aquí.

—Buenas noches, teniente.

—Buenas noches, Feodor.

Nikolaj sacó del bolsillo algo que llevaba siempre consigo: un cuaderno y un lapicero al que sacaba punta con las uñas como podía. Escribía unas líneas cada noche. Poco, el lapicero no iba a durar siempre, pero necesitaba escribir cada día para no morirse. Le escribía a Nadia y le contaba lo que había hecho y en qué había pensado. Al otro lado de la ventana, la luz intermitente del faro que iba y venía le traía la voz de Nadia y su sonrisa. Le escribió que romper la tierra era como desgarrar el cuerpo de una madre. Que su alma se rompía a cada golpe. Que le parecía que su labor se parecía a la de un enterrador, y que tal vez lo que estaban haciendo era cavar su propia tumba, y que la construcción del aeropuerto era tan solo una excusa. Cerró el cuaderno y se lo metió de nuevo en el bolsillo del pantalón. Quién sabía si algún día Nadia lo llegaría a leer. Volvió a mirar la luz del faro hasta que se quedó dormido.

Esa noche soñó con un palacio blanco rodeado de un jardín lleno de cruces blancas. En las lápidas reconoció los nombres de todos sus compañeros. Pero por más que buscó, no logró encontrar el suyo.

LA TAZA ROTA

Después de la visita al almacén, Valeria apenas probó las *crêpes* de nata y frambuesas. Tenía el estómago encogido tras haber visto las fotos y el diario, y haber respirado el espacio en el que los ciento noventa y cinco hombres habían vivido. Probó tan solo un trocito y el resto se lo dio a su amigo.

—Otro día volvemos, William. Lo siento. Ahora no soy capaz de comer nada más.

—Te ha impresionado mucho ¿verdad?

—Sí. Tal vez no deberíamos haber venido. Tu abuelo tenía razón —dijo Valeria.

—¿Mi abuelo? —preguntó extrañado el muchacho.

—¿Tu abuelo? ¿He dicho tu abuelo? —se sorprendió ella de sus propias palabras—. Tu abuelo... Ah, sí, bueno, una tontería —recordó—. Soñé con él. No me acuerdo bien, pero dijo algo de ese lugar.

—¿Soñaste con mi abuelo y te habló en el sueño? —inquirió curioso.

—Sí. Me habla.

—¿Te habla? ¿Quieres decir que has soñado más veces con él?

—Sí —admitió Valeria.

—¡Qué raro! Yo no sueño con él. O al menos no lo recuerdo. Con mi madre sí sueño, muchas noches. Es como si estuviera de verdad conmigo y me hablara como cuando estaba viva. Al despertar tengo siempre una sensación muy extraña.

—Ya.

—Bueno, pero ¿qué te dice mi abuelo en los sueños?

—En realidad, supongo que él no me dice nada. Todo está en mi cabeza. —Valeria intentaba creerse lo que estaba diciendo—. Soñé que me decía que era mejor no visitar el almacén. Supongo que en realidad era yo quien pensaba que lo iba a pasar mal.

—Lo siento. Quizás deberíamos haber venido directamente a comer las *crêpes.*

—No sé. Me parece que hay que conocer todas las realidades, no solo las buenas y las buenísimas. La vida no es una *crêpe* de frambuesas con nata.

—No, pero hay que comerla cuando está delante de uno, en su propio plato. ¿De verdad no quieres otro trozo?

William cortó un pedacito y lo colocó en el tenedor. Se lo ofreció a Valeria acercándoselo a la boca. La chica se ruborizó, abrió la boca y aceptó el ofrecimiento.

—Sí, está muy buena... Tienes razón, en la vida hay que aceptar lo bueno y lo malo. Dame otro trozo, anda, por favor —suplicó.

William le pasó el plato y ella se terminó su parte.

—Tienes un poco de mermelada en la comisura de los labios —le señaló él.

—Ah —se volvió a ruborizar—. Gracias. Soy un poco torpe.

—Es normal —concedió el chico—. A mí me pasa muchas veces. Pero... no me has terminado de contar lo que te dijo mi abuelo en el sueño.

—Ah, bueno. No me acuerdo bien. Mencionó algo acerca de que una chica como yo no debería visitar un lugar tan triste, tan frío, tan desagradable y tan...

—¿Tan inhóspito? —continuó él.

—Eso dijo, sí, inhóspito. Esa palabra que apenas había utilizado.

—Que raro que no la uses normalmente, pero que aparezca en tus sueños, ¿no?

—Sí, la mente humana es así de extraña, y de selectiva. El consciente, el inconsciente..., todo es un misterio.

—Sí que lo es.

—Oye, no te dará miedo soñar con mi abuelo ¿verdad?

—¿Miedo? No, no, claro que no. Siempre es muy amable. El otro día lo encontré fregando una..., quiero decir que en mi sueño yo me lo encontraba en la cocina, fregando una taza. En realidad, la taza se había roto mientras la limpiaba. Pero luego la recompuso. Lo raro es que por la mañana, cuando mi madre cogió la taza, y vio las líneas por donde se había roto, se extrañó: ella no recordaba que la taza tuviera esos restos. La recordaba intacta.

—Tal vez era otra taza.

—No. No debería habértelo contado, pero es que mi madre cogió una de las tazas de porcelana de la vitrina del salón.

—¿Cogió una de esas tazas, de las que tienen las flores pintadas?

—Sí —afirmó Valeria torciendo el gesto.

—Esas tazas... no las usa nadie. Las trajo mi abuelo de China. ¿Cómo se le ocurrió a tu madre...?

—En la cocina solo había tazas grandes, altas, muy gruesas. Y ella..., en fin..., a ella le gusta tomar el té en tazas de porcelana muy fina.

—Y resulta que ha roto una de ellas. Cuando se entere mi padre...

—¡Oye, que mi madre no la ha roto! Que la taza estaba en el salón. Yo me quedé dormida a su lado y dejamos la taza sobre la mesa. Seguramente estaba ya rota y nadie se había dado cuenta.

—No estaba rota, Valeria. Te lo aseguro. Yo mismo estuve limpiando el polvo de todos los objetos de la vitrina antes de vuestra llegada. Las tazas estaban perfectas. Siempre lo estuvieron.

—Cuando la vi en el armario a la mañana siguiente y me fijé bien, se veía que alguien la había restaurado. Alguien la rompió hace tiempo, seguro. Mi madre dice que no, que estaba bien, pero eso es porque no se había fijado lo suficiente. Y yo no soy sonámbula, no me levanté a tomar un té en esa taza ni la rompí —dijo Valeria casi llorando. Había intentado explicar el asunto de las visitas nocturnas de forma racional, pero se le amontonaban las sensaciones y no sabía qué hacer con ellas.

—Bueno, bueno, no es para tanto. Solo es una taza.

—Sí, pero tú y tu padre vais a creer que la hemos roto nosotras, y no ha sido así. No. No.

Valeria se levantó y salió a tomar un poco de aire a la calle. La brisa del mar tenía el sabor salado que había probado un rato antes. Le hizo bien. Además, secó las dos lagrimillas que se le acababan de resbalar por las mejillas. William salió a su encuentro después de pagar.

—Eh, no pasa nada. Solo es una taza.

—No es solo una taza, William. Y tal vez tampoco sea solo un sueño.

—¿Qué quieres decir? ¿A qué te refieres? —preguntó extrañado.

—Pues eso, que tal vez no fuera un sueño lo de tu abuelo. Yo lo vi en el fregadero, con la taza rota. Luego nos sentamos en la mesa de la cocina, sacó un tubo de pegamento del tercer cajón y la recompuso. Antes de acostarnos, la taza estaba bien. Cuando nos levantamos estaba pegada.

—Vale, tal vez la taza estaba ya rota y, efectivamente, mi abuelo la rompió hace años en el faro.

—No. No la rompió hace años. La rompió la otra noche. Durante mi sueño.

William la miró cada vez más sorprendido. O aquella chica, que parecía tan normal y encantadora, estaba mal de la cabeza. O su abuelo, el viejo farero, se le había aparecido por la noche, como hacían los fantasmas de los cuentos con los visitantes de sus castillos. Pero el faro no era ningún castillo escocés, ni nunca había tenido ningún fantasma. Y además, a él, que era su nieto, nunca se le había aparecido; ¿por qué iba a venir cada noche a charlar con una forastera desconocida? Cabía una tercera posibilidad.

—Seguro que hay una explicación racional a todo esto. Seguro que, cuando se lo contemos a mi padre, él nos dirá que sí que estaba rota. Todo tiene un porqué.

—Hay cosas que tienen más de un porqué. De hecho, hay cosas que tienen muchos porqués —dijo muy seria Valeria—. Además, hay otra cosa.

—¿Qué? —preguntó William, confuso.

—El otro día, cuando te pregunté su nombre, ¿te acuerdas?

—Sí, recuerdo que me preguntaste el nombre de mi abuelo.

—«Erlend Nilsen», dijiste. —Él asintió con la cabeza—. Pues bien, yo ya lo sabía.

—Lo habrías visto escrito en algún lugar.

—No. No está escrito en ningún lugar del faro que yo haya visto. Lo comprobé después.

—¿Entonces?

—Él me lo había dicho la noche anterior. Se presentó, me estrechó la mano y me dijo algo así como: «Me llamo Erlend Nilsen y soy el viejo farero».

LA VISITA DE LARS AL FARO

Mercedes estaba muy tranquila leyendo en la terraza, cuando vio acercarse una barca. Al principio pensó que se trataba de los chicos, que regresaban de vuelta de su excursión. Pero enseguida reconoció al timón la alta y fornida figura de Lars. Torció la boca. No la iban a dejar tranquila ni siquiera una mañana. Abandonó el libro sobre la mesa del salón. Se atusó un poco el pelo, se puso brillo en los labios y se dio unas gotas de colonia detrás de las orejas y en las muñecas, como hacía siempre. Se miró en el espejo y aprobó la imagen que veía reflejada. Esperó a que sonara el timbre y abrió.

—Buenos días, Lars. ¡Qué sorpresa!

—Buenos días, Mercedes. Voy de paso. No quiero ser inoportuno.

—¿De paso? —preguntó Mercedes extrañada.

—Sí. Voy a pescar un rato en los islotes de ahí enfrente.

—¿Ese de los frailecillos?

—Sí. Donde estuvieron los chicos el otro día. ¿Quieres acompañarme? Paso solo a preguntarte, por si te apetece —dijo un tanto cortado.

—Pues no, gracias. Como te he dicho antes, hoy no estoy para nadie.

—Tienes buen aspecto.

Efectivamente, estaba guapa y con un aspecto muy saludable. Mientras se arreglaba, no se acordó de la excusa que le había puesto por teléfono a Lars.

—Eres muy amable, gracias. Pero tengo un dolor de cabeza... enorme.

—De acuedo, no insisto. Otro día.

—Sí, otro día. Muchas gracias, Lars.

Lars le tendió la mano que ella estrechó con una sonrisa. Cerró la puerta y regresó al salón para coger el libro y continuar con la lectura.

El hombre puso en marcha el barco y se dirigió al islote de las gaviotas negras. Mercedes lo vio atracar el bote y caminar hacia el otro lado. Lo perdió de vista y se introdujo de nuevo en la novela que estaba leyendo. Una historia de la que no le gustaba nada que la sacaran.

Lars caminó hasta las piedras que colocaran su padre y su abuelo, y se sentó sobre la más grande. Armó la caña, le puso el cebo y la lanzó al agua. Pensaba en Mercedes y la veía como no había hecho con ninguna otra desde la muerte de su mujer. Aquello había supuesto un golpe tan duro que se había dedicado a su hijo, a su trabajo y al faro para estar entretenido y no pensar demasiado. Siempre había creído que el ocio era enemigo de la serenidad, y por eso intentaba no parar ni un minuto. Justo lo contrario que Mercedes, que necesitaba parar de vez en cuando para recuperarse y encontrarse consigo misma. O más bien, con lo que quedaba de ella, como decía cada mes de junio, antes de empezar sus vacaciones.

Enseguida picó un pez, y luego otro y varios más. Lars era un pescador hábil y aquel promontorio en el islote era un lugar de corrientes marinas que traían peces. Tendría entretenimiento para limpiarlos y filetearlos y preparar la conserva. Pensó que tal vez esa tarea le gustaría a la mujer del faro. Pero también pensó que no debía ser pesado y que tenía que dejarla tranquila. Al fin y al cabo, ella había viajado miles de kilómetros para estar lo más sola posible. Metió el botín en la cesta que había llevado y se dispuso a regresar al bote. Vio que Mercedes seguía en la terraza pero siguió andando. De pronto sonó su teléfono. Lo llevaba en el bolsillo del pantalón. Lo cogió y miró la pantalla. Era ella. La saludó con el brazo y contestó.

—¿Cómo ha ido la pesca? —preguntó Mercedes desde la terraza del faro.

—Bien, he conseguido siete piezas. Y bastante grandes todas.

—Estupendo —ella no sabía qué decir. Se sentía un poco mal por no haberlo acompañado. Y por otra parte...—. Me gustaría aprender a preparar esa conserva que hacéis por aquí.

—Cuando quieras, te puedo enseñar.

—Tal vez mañana —sugirió ella.

—Sí, muy bien. Mañana por la mañana. Os vengo a recoger y comemos en casa los cuatro. Y por la tarde, hacemos la conserva.

—De acuerdo. Gracias, Lars..., por todo... Adiós

—Adiós.

Lars se fue al puerto más contento que unas pascuas. Y Mercedes se encogió de hombros, bajó a la cocina, cogió la taza de porcelana y se hizo un té de frutas. La miró y vio un pequeño resto de pegamento en el asa. Lo raspó con la uña y volvió a pensar que cómo era posible que no lo hubiera visto antes. Arqueó las cejas y movió la cabeza de un lado a otro.

Por la ventana vio la embarcación de William que regresaba con Valeria. Respiró profundamente. Se acabó el ratito de soledad. Sacó un par de frascos de arenques de la nevera y cortó pan. Enseguida entró Valeria con la cara muy pálida.

—¿Qué te pasa? Estás blanca. Quiero decir, que estás más blanca de lo normal.

—No pasa nada, mamá. Había mucho oleaje y me he mareado un poco. Creo que me iré a la cama enseguida.

—¿No quieres cenar? He preparado algo.

—¿Cenar? No, mamá. Imposible. —Se sentó ante la mesa, donde ya estaban los platos colocados.

—¿Qué tal la visita al museo?

—Interesante —acertó a decir la chica—. Fotos viejas, diarios de los soldados, algunos objetos. Un lugar muy tétrico, mamá. Muy triste. Se podía oler y respirar el dolor de aquellos prisioneros. Es terrible. Un lugar tan hermoso como esta costa, este mar..., todo ello convertido en una prisión para unos jóvenes muchachos. Es horrible solo pensarlo. No quiero imaginar cómo fue vivirlo. Y para colmo...

—Para colmo... ¿qué?

—Nada, mamá, cosas mías.

—¿Ha pasado algo con William? —preguntó Mercedes.

—No, mamá, ¿qué iba a pasar con William? —inquirió ella extrañada.

—Ah, no sé, pueden pasar muchas cosas. Os podéis haber enfadado por alguna razón. No sé.

—No nos hemos enfadado. Es un chico bastante majo, mamá. Se preocupa más de su barco que de mis tripas, pero, por lo demás, es bastante majo —le contó Valeria a su madre.

—A lo mejor resulta que es demasiado majo.

Valeria frunció el ceño. ¿Por qué alguien podía ser «demasiado majo»?

—No, mamá, tranquila. Todo está bien, de verdad. Es solo que estoy un poco mareada. Me voy a dormir.

—Muy bien, hija. Yo subiré a leer un rato. Espero no despertarte cuando pase por tu habitación.

—No te preocupes.

—Que tengas dulces sueños —le dijo al tiempo que le daba un beso en la mejilla.

—Sí..., dulces sueños —balbució la chica—. Igualmente.

Valeria no temía quedarse dormida, a pesar de que sus sueños eran extraños. No le daba miedo la presencia en ellos del viejo farero. Sus incursiones eran agradables. Además, no podía, ni quería, admitir que soñaba con un fantasma. Mejor dicho, que no soñaba con un fantasma, sino que hablaba con él. La frontera entre la realidad y la ficción le parecía más estrecha que nunca y no sabía qué pensar. Además, probablemente William tenía razón y todo tenía una explicación lógica. ¿No era lo que le había dicho también su madre?

LA CUARTA VISITA DEL VIEJO FARERO

Valeria se fue al dormitorio. Se puso el pijama y se quedó un rato mirando a través de la ventana. Las olas batían en las rocas en que se posaba el faro. El cielo se había llenado de unas nubes grises que no presagiaban nada bueno. El mar rugía bajo la ventana y el viento golpeaba el cristal. Lars había dicho que el faro no iba a sucumbir ante ninguna tempestad. Llevaba más de un siglo erigido y no caería más que con el fin del mundo. Estaban seguras allí dentro. De eso no cabía ninguna duda. El problema era que no podían salir del faro. A Valeria le empezó a palpitar el corazón más deprisa de lo habitual, y le comenzaron a sudar las manos. «No pasa nada», se repitió varias veces. Se apartó de la ventana ya mojada por la lluvia y se metió en la cama. Intentó concentrarse en el libro que estaba leyendo. No debía permitirse pensar que estaban en el lugar más aislado del mundo, y que si les daba un ataque de apendicitis en ese momento, nadie podría venir a rescatarlas, ni por mar ni por aire. La tormenta arreció y el vendaval azotaba el cristal de tal manera que parecía que lo fuera a romper. Valeria escuchó unos pasos conocidos que se acercaban a su habitación.

—No tendrás miedo, ¿verdad?

—No, mamá —mintió, pero rectificó al ver la sonrisa de su madre—. Bueno, solo un poco.

—No te preocupes, no pasa nada. Este faro ha pasado momentos peores y ha sobrevivido. No se va a caer.

—Ya lo sé. Pero ¿y si nos ponemos malas y no nos pueden venir a buscar?

—¡Ay, hija! —protestó Mercedes—. En esta vida tenemos que ser positivas. Si nos ponemos malas, ya buscaríamos una solución. De momento lo que tenemos que procurar es no ponernos malas, dormir y esperar a que pase el temporal. Porque ya se sabe, después de la tempestad...

—... viene la calma —terminó Valeria el refrán.

Mercedes abrazó a su hija y le acarició la espalda y los hombros muy suavemente. Cuando era pequeña y le sobrevenían los terrores nocturnos, su madre la abrazaba de ese modo, y la niña se quedaba tranquila y se dormía enseguida. Era su manera de decirle que efectivamente, «no pasaba nada». Y Valeria se lo creía.

—No pasa nada, pequeña. Yo estoy a tu lado.

—No te preocupes, mamá. Estaré bien. Estaremos bien.

Mercedes se fue a su habitación y Valeria se recostó de lado para dormir. Tenía abrazado al monito amarillo y miraba la lluvia caer al otro lado del cristal. El cielo se iba oscureciendo más y más. La muchacha pensó que tal vez sería más fácil dormir que durante las noches con sol. Al menos esa noche se parecía de verdad a una noche. Cerró los ojos y enseguida cayó en el sueño.

El viejo farero no tardó en aparecer. Se sentó en la butaca que había al lado de la cama de Valeria y vigiló sus movimientos mientras dormía. La muchacha respiraba acompasadamente, lo que indicaba que estaba viviendo unas imágenes agradables. Erlend Nilsen se asomó a la ventana, desde la que aún se divisaba la perla blanca, la que había sido su casa en tierra durante tantos años. Entró luego en la habitación de Mercedes, que dormía con ambos brazos dentro del edredón. Su cuerpo subía y bajaba al ritmo de su respiración. Sonreía, por lo que el hombre pensó que seguía con un sueño agradable. Abrió la puerta de la terraza y salió. Se asomó a la barandilla. Un barco de línea pasaba junto al faro en aquel momento. El farero miró hacia arriba, para ver la luz del reflector. Aquella luz que él había encendido noche tras noche, en el pasado, y que ahora funcionaba gracias a un ordenador colocado quién sabía dónde. Bajó de nuevo la mirada hasta que se posó en los islotes. Entonces sus ojos se enturbiaron. Recordó, y lo que recordó ensombreció su memoria. Buscó el puerto, y el almacén. Aquel lugar siniestro donde habían vivido, si se podía calificar de «vivir» a aquello, los jóvenes soldados rusos que había conocido cuando era adolescente. La primera vez que los vio fue un día en que acompañó a su tío Gunnar a hacer unas fotos. Tenía catorce años y le gustaban aquellos objetos mágicos que creaban imágenes en un papel. Su madre siempre pensó que eran cosas del diablo, pero él sabía que eran fruto del poder de la mente humana y de la tecnología. Su tío le había ordenado que se quedara en la moto, y que no se bajara por nada del mundo. Tenía que fotografiar a prisioneros por orden de los nazis. No podía negarse, pero tampoco le parecía algo amable para un muchacho de la edad de su sobrino. Erlend se había quedado en la moto y desde allí había visto algo. Un grupo de hombres sentados, que miraban el objetivo con el rostro ceniciento. Y no es que lo tuvieran sucio, recordaba el viejo farero, sino que su expresión era gris y amarga. Se fijó sobre todo en dos de los hombres: uno había posado con una gorra de plato, el único. Pensó entonces que tal vez se trataba de uno de los oficiales rusos, y que por esa razón se lo habían permitido. El otro era un muchacho más joven, de cara despierta. Un rostro que quería sonreír, pero que no lo conseguía. Llevaba un pañuelo en la mano. Por alguna razón, le pareció que tanto el pañuelo como la gorra eran señales para alguien que, en algún momento, pudiera ver la foto. Así se lo contó después a su tío, quien se limitó a encogerse de hombros. Él intentaba no pensar en aquellos rostros. Se limitaba a hacer su trabajo. Había que comer todos los días varias veces, y el dinero de los nazis era tan bueno como cualquier otro. Se limitaría a poner la mano cuando le pagaran. Odiaba la guerra y toda su sinrazón, pero no podía hacer nada por evitarla. O al menos, no creía tener el coraje necesario para enfrentarse a aquellos soldados de uniformes grises.

Pero, una cosa es lo que uno propone, y otra muy distinta lo que el destino dispone. Las fotos estuvieron listas tres días después. El tío Gunnar se dirigió a coger la moto para ir al puerto a entregarlas. Había llovido el día anterior, pero por la noche había helado. El suelo parecía una pista de hielo, y el tío, que tenía unos andares bastante torpes, se cayó y se rompió una pierna. Él mismo oyó el chasquido que le produjo la caída, y supo desde el primer momento que se había producido una rotura. Maldijo al hielo, a las fotos, a los nazis, a vivir en aquel lugar perdido del mundo y llamó por teléfono a su sobrino. Cuando el muchacho acudió desde el faro, el médico ya había inmovilizado la pierna fracturada, y se estaba tomando con mucha tranquilidad un sucedáneo de café con gofres.

—Erlend, tendrás que hacerme un favor.

—Sí, tío, lo que usted mande.

—Las fotografías que hice el otro día —dijo sin especificar. Le avergonzaba que el doctor supiera que había trabajado para los alemanes—. Hay que ir a entregarlas hoy sin falta.

—Sí tío —respondió el chico—. ¿Al mismo lugar donde las tomó?

—Sí, hijo mío. Lo has entendido perfectamente. Tienen que pagarte. No las dejes si no te pagan.

—Sí tío, como usted mande.

—Te daré una propina cuando regreses.

La cara de Erlend se iluminó al oír hablar de la propina. En aquellos días, nadie tenía dinero para nada. La comida escaseaba y los alemanes controlaban todo. Un dinerillo extra era muy bienvenido. Aunque no sería mucho, porque su tío Gunnar tenía fama de tacaño.

—Están ahí, en la cómoda. En ese sobre amarillo —explicó el hombre.

—¿A quién ha fotografiado esta vez, Gunnar? —preguntó el médico, entre sorbo y sorbo de café—. ¿Retratos de familia, tal vez?

—Me temo, doctor Carlsen, que se trata de algo confidencial. No puedo enseñárselos a nadie. Así me lo pidieron las interesadas, y así debe ser. Usted ya me entiende —le dijo con un guiño.

—Ah, mi querido amigo. Ya entiendo. La foto de alguna muchacha casadera para su prometido. Esta nueva moda de las fotografías... En fin. Será mejor que me vaya. —Le levantó el doctor Carlsen—. Muchacho, ten mucho cuidado con el hielo. Hoy he inmovilizado seis piernas y dos brazos. Me estoy quedando sin escayola, y no es fácil encontrar en estos tiempos que corren. ¡Malditos alemanes! ¿Por qué no se quedarían en su casa?

—Acompaña al doctor a la puerta —ordenó Gunnar Nilsen a su sobrino, más que nada para cambiar de conversación—. Y ve a la despensa y dale un frasco de conserva de pescado. Siempre viene bien un poco de comida, ¿verdad?

—¡Oh, cómo se lo agradezco, señor Nilsen! Muchas gracias. Y quédese ahí quieto. No se mueva en dos semanas. Si pudiera quedarse el muchacho con usted, sería lo más conveniente. Usted no va a poder ir a ninguna parte.

—Le preguntaré a su padre por teléfono. Si no lo necesita, se vendrá estos días conmigo, ¿verdad Erlend?

—Sí, señor. No creo que me necesiten en el faro. El ayudante de mi padre ha regresado. No hago falta.

—¿Ya ha vuelto ese malnacido? —preguntó el doctor con el rostro airado.

—¿Por qué lo llama así, «malnacido»? —preguntó el chico.

—Porque lo es, muchacho. Porque lo es. Colabora con los nazis. ¿Por qué te crees que ha estado ausente estos días? Les ha estado haciendo de enlace. Ha ido a la ciudad. Lo sé porque mi cuñada lo vio en el centro, hablando con unos oficiales. Les preguntó algo y ellos lo mandaron a la casa donde está el alto mando. Han tomado la mejor casa de la ciudad, como hacen en todos los lugares. Ese Tor Jakobsen es un traidor.

—Debería andarse con cuidado, doctor Carlsen. Las paredes oyen. No está nadie seguro en ningún lugar. Y usted, además, se pasea por ahí con ese broche que tiene la fotografía del rey en la solapa.

—Nuestro rey, a quien Dios guarde, organiza un nuevo gobierno en Londres. Es un símbolo de nuestra resistencia patriótica contra el invasor —afirmó categórico el médico.

—Pero no ande por ahí haciendo alardes de patriotismo. Va a acabar fusilado si sigue así.

—Pues entonces moriré como un héroe, amigos míos.

—Mi padre dice que un héroe muerto no sirve para nada, señor —intervino Erlend.

—Tu padre no siempre tiene razón, muchacho. Y ahora me voy. Y tengan cuidado con el hielo.

—Y usted doctor, y usted. Tenga mucho cuidado —le dijo Gunnar mientras le estrechaba la mano.

Lo mismo hizo Erlend, y sintió los dedos del doctor tan helados que le produjeron un escalofrío. El recuerdo de aquel escalofrío devolvió al viejo farero a la terraza del faro, en medio de aquella luminosa noche en que había visitado las habitaciones de las dos forasteras. Entró de nuevo y cerró la puerta con el pestillo. Regresó al dormitorio de Mercedes. Allí estaba. No se había movido en todo el rato. Continuaba en la misma posición, engullida por el blanco edredón de plumas de ganso. Valeria tenía los dos brazos sobre la cabeza y sonreía plácidamente. Erlend le acarició el pelo negro y liso, y recordó otros tiempos, otros lugares y otros brazos, entre los que estuvo y disfrutó en tierras lejanas. Salió hasta la cocina. Abrió el armario y se encontró con la taza rota. La llenó de agua y bebió de un trago todo su contenido. Oyó un ruido y desapareció.

EL CUARTO SUEÑO DE VALERIA

—Hmmm —la boca de Valeria emitió un leve gruñido entre las sábanas.

No soñó con el viejo farero sino con su nieto. Había venido a buscarla en su lancha y juntos se habían encaminado hasta los islotes. Solo que los islotes de su sueño no se parecían en nada a los de la realidad. No estaban formados por rocas grises, musgo, líquenes y algún que otro nido. Estaban llenos de palmeras altísimas y de flores de todos los colores del arco iris. El barco de William tampoco era el suyo, sino una lancha fuera borda de color amarillo canario que deslumbraba hasta dentro del sueño. La habían amarrado a un poste azul celeste con rayas blancas, como los de las góndolas en Venecia.

En las enormes hojas de las palmeras se posaban pájaros extraños, nunca vistos ni oídos por Valeria. No eran ni gaviotas, ni frailecillos, ni canarios. Ni siquiera pavos reales. Eran aves de colores extraños, brillantes, con plumas de purpurina. Bajo los árboles corrían caballos blancos, con pinceladas en amarillo, en verde y en marrón, como la estatuilla china de la vitrina. En algún lugar había una vieja cabaña hacia la que se encaminaron William y ella.

Era una cabaña de cañas, abierta, sin puertas, con el tejado en vertiente. Había que subir unas escaleras para acceder.

Entraron y se encontraron con un pequeño altar en el que había una figurita regordeta y sonriente ante la que se quemaban varitas de incienso. El olor era muy intenso, tanto que William se tuvo que sentar porque se mareaba. A Valeria, en cambio, le gustó aquel perfume extraño y aparentemente desconocido. Los pájaros emitían cantos que les llamaron poderosamente la atención. No cantaban como los pájaros que conocían, sino que hablaban, y parecían hacerlo entre ellos. William y Valeria se miraron y empezaron a reír con sonoras carcajadas.

De pronto, entró en la cabaña una mujer que caminaba con pasos muy cortos. Llevaba el pelo recogido en un moño bajo, vestía de gris y no tenía rostro. O al menos ellos no podían verlo. A William aquello le resultó inquietante, pero Valeria estaba encantada, a pesar de la cara misteriosa de aquella mujer. Allí se quedaron unos minutos, mientras la señora hacía un té en unas tazas idénticas a la que se había roto dos noches atrás en el faro. Colocaba cuatro tazas en la mesa baja, y los tres se sentaron en suelo, sobre una esterilla de color verde. Valeria cogió una de las tazas y su mano adquirió una posición que a William le pareció divertida. La sostuvo con los dedos pulgar y corazón, de manera que los otros tres dedos quedaban sueltos, y parecían danzar abrazados solamente al aire. La chica se observó la mano y recordó que esa era la posición natural con que bailaba las sevillanas, y que su profesora siempre le corregía. William, por su parte, se acordó de la estatuilla del faro y empezó a reír de una manera que contagió a la misteriosa mujer.

—¿Esperamos a alguien? —preguntó el chico—. Ha puesto cuatro tazas y solo somos tres.

—Sí, muchacho. Esperamos a alguien.

—¿A quién? —volvió a intervenir William.

—Es una sorpresa, tendrás que ser paciente.

Pero de repente, la cabaña desapareció del sueño de Valeria, y se encontró sola junto a una cascada que venía desde una montaña muy alta. El agua provocaba un sonido amable, constante y diferente cada milésima de segundo. La música del agua, pensó la chica, a la vez monótona y distinta. Se quedó quieta y callada durante unos segundos. Si uno se concentraba bien, podía distinguir infinitos sonidos irrepetibles, como irrepetibles eran cada una de las gotas que iban formando la cascada y el pequeño lago que nacía de ella. Se metió en el agua. No llevaba el pijama con el que se había acostado, sino un camisón de seda de color violeta, que se oscureció al mojarse. No necesitó decirse aquello de «no pasa nada...». Entrar en aquella agua clara y fría no le produjo ningún miedo. La superficie creaba un espejo en el que Valeria se miró. De pronto, vio otro rostro reflejado en el agua. Alguien la observaba desde atrás. Se dio la vuelta. Era William, que estaba junto a ella.

—No te he visto entrar —le dijo Valeria.

—Es que no he entrado —le confesó el joven, mientras le acariciaba el pelo empapado.

—¿Como que no has entrado? —le preguntó ella, extrañada.

—Siempre he estado aquí, Valeria. Soy un hombre de mar.

—Pero esto no es el mar, William —contestó la chica, y al mismo tiempo, llevó su mano al cabello rizado y rubio de él.

—Toda el agua viene del mar —afirmó el muchacho.

William se aproximó aún más a su amiga. Y su mano dejó el cabello para acariciar la mejilla de Valeria. Ella cerró los ojos, que se convirtieron más que nunca en dos líneas negras y oblicuas. Enseguida notó un beso en sus labios. Las manos de William la rodearon por la cintura, y se fundieron en un abrazo bajo el agua. Un abrazo largo, tan largo como el beso. Abrazados, llegaron hasta la cascada y dejaron que todo el torrente fuera cayendo sobre sus cuerpos, mientras se seguían besando. Al cabo de mucho tiempo, abrieron los ojos y separaron sus bocas. Se miraron, y sin decir nada, se pusieron a nadar hasta que llegaron a la orilla del mar, al mismo lugar donde habían dejado el barco. Cuando quisieron salir a la orilla, William lo hizo sin ninguna dificultad, pero algo ocurría con Valeria, que no podía ponerse en pie.

—¿Qué te pasa? —le preguntó el muchacho, tomándola de la mano.

—No lo sé. No puedo caminar.

—Yo te ayudaré.

Y William la tomó en sus brazos. Y al hacerlo notó que la piel de sus piernas se había tornado resbaladiza. Al abandonar el agua, ambos se dieron cuenta a la vez: Valeria se había convertido en una sirena.

En ese momento se despertó sobresaltada por el grito que emitió. Se sentó de un bote en la cama y miró debajo del edredón. Allí estaban sus piernas. Las dos. Igual que cuando se había acostado. No era ninguna sirena. Suspiró aliviada y se introdujo de nuevo en el reino del colchón. Cerró los ojos e intentó recordar. Había tenido un sueño precioso que se había enturbiado al final, con la puñetera cola de pez. Pero intentaría olvidar ese pequeño detalle para concentrarse en lo bien que se lo había pasado con William en el lago, bajo la cascada. Tuvo sed y se levantó. Vio la taza de porcelana en el fregadero con un resto de agua. Pensó que su madre se habría levantado durante la noche y la habría dejado allí. Regresó a su habitación y miró el reloj. Eran ya las siete y diez. Al otro lado de la ventana, el sol lucía, el cielo estaba más azul que nunca y el mar parecía un estanque infinito. La tormenta había desaparecido y no quedaba ni rastro del temporal. Valeria se desperezó. Sus brazos se estiraron en cruz y luego se abrazó, rememorando los instantes en que había estado entre los brazos de William. Se sentó en la cama con los ojos resplandecientes, estuvo unos segundos allí quieta y se acurrucó de nuevo debajo del edredón. Cerró los ojos e intentó recordar cada detalle del sueño. Todo era maravilloso, los colores, las palmeras, los cantos de los pájaros, la cabaña en el bosque. Solo una cosa le provocó cierta inquietud: la presencia de la mujer sin rostro.

EL AYUDANTE DEL FOTÓGRAFO

Dubrowski, Pawlov, y ciento noventa y tres hombres más trabajaban cada día para alisar el terreno. Los montículos iban perdiendo volumen, pero ganaban en dureza. La tierra se helaba más y más conforme allanaban el suelo. Y el esfuerzo para cavar en ella era más y más intenso. Tres soldados habían enfermado de frío y agotamiento. Tenían mucha fiebre y sus carceleros les habían permitido descansar. Pero todos sabían que si continuaban así, acabarían recibiendo un tiro en la sien. Era lo que habían oído que los nazis les hacían a los que ya no servían para trabajar. La comida era escasa y todos perdían peso. La ropa les estaba cada vez más grande, y debajo de los ojos unas manchas negras marcaban el cansancio.

Aquel día, el comandante había ido a supervisar las obras. Lo acompañaban varios hombres, algunos de uniforme y otros no. Con las botas relucientes, la cruz negra al cuello, y en medio de los demás, caminaba el coronel al mando de las tropas en la región. Un hombre acostumbrado a la vida urbana, al teatro y a la música. Lo habían destinado a aquellos enclaves en la costa noruega después de haber pasado dos meses al mando de uno de los regimientos que estaban asediando Leningrado. Allí lo habían herido en un brazo que había sido amputado. Le ofrecieron una retirada a alguna de sus posesiones en la Alemania meridional, pero él la rechazó. Pidió ser readmitido en cuanto se halló en condiciones y fue enviado a lo que los alemanes consideraban un destino cómodo. El barón von Richter estaba furioso como un perro rabioso. Él habría preferido luchar en el asedio a la vieja San Petersburgo y contribuir desde allí a la gloria del Tercer Reich. Estar al mando de un pequeño ejército de soldados en un pequeño país de campesinos pobres no era nada para un héroe como él. Así pensaba Herr Richter. Por la mañana había salido de la ciudad para dirigirse en coche y en barco a aquella remota base en la costa en la que se construiría un aeropuerto. El aeropuerto que, esperaban todos, les llevaría a la conquista de Inglaterra.

—Hoy ha venido uno de los jefazos —le dijo Dubrowski a Pawlov.

—Calle, señor teniente, no lo vayan a oír y acabemos mal.

—Que se vayan todos al infierno —musitó su compañero, y siguieron golpeando a la madre tierra.

Mientras tanto, un muchacho de quince años, sobrino del fotógrafo, llegaba a la base, en el puerto, para preguntar por el comandante en jefe.

—No está, muchacho. Regresará dentro de unas horas —le dijo uno de los soldados.

—Tengo un mensaje para él.

—Puedes dárnoslo a nosotros. ¿Es ese sobre que llevas ahí? —le preguntó un muchacho joven, que no parecía mucho mayor que él.

—No puedo. Tengo órdenes de entregárselo personalmente a él hoy mismo.

Los soldados hablaron entre ellos y se volvieron al muchacho.

—Está bien. Te llevaremos con el comandante. Vamos, sube en ese coche.

Erlend Nilsen nunca había subido a un vehículo militar. Lo acomodaron en el asiento de atrás, junto a uno de los soldados. No abrió la boca en todo el camino.

—Ya hemos llegado —dijo el soldado conductor—. Espera aquí.

Otro de los soldados, un sargento, se dirigió al lugar donde se hallaba toda la comitiva de inspección, se cuadró ante los oficiales y le habló a su superior.

—Mi comandante. Ese joven tiene algo que entregarle. Dice que tiene órdenes expresas para darle algo en propia mano a usted, señor.

—¿Lo habéis registrado bien? —preguntó el coronel—. ¿Sabéis quién es?

El sargento bajó los ojos hasta la punta de los zapatos del oficial en jefe.

—No, señor —reconoció.

—Registradlo antes de traerlo hasta aquí —ordenó—. Podría llevar una granada, o una pistola. ¿No le parece, jovencito? ¿Cuál es su nombre?

—Sargento Henrik Schell —respondió el soldado, cuadrándose más todavía.

—Esperemos que su apellido lo proteja. Y procure —le dijo acercándose a su oreja— que no se vuelva a repetir una situación así.

—Sí, señor. —Y el joven salió corriendo hasta donde estaba el chico.

—Es el hijo del farero, señor —le dijo al oído un hombrecillo pequeño, tan insignificante que el coronel ni siquiera lo miró.

—Debería fusilar a ese inconsciente —le sugirió el coronel al comandante—. Ha puesto en riesgo la operación.

—Si así lo ordena..., herr coronel —dijo avergonzado el comandante.

—Sí..., bueno..., quizás podemos darle una segunda oportunidad.

Dubrowski observaba la escena sin parar de trabajar. Había reconocido al muchacho desde que lo viera bajar del vehículo. Era el mismo muchacho que los miró desde una moto el día de las fotografías. Su mirada limpia le había recordado a la de uno de sus mejores amigos, muerto semanas antes en Leningrado.

El sargento Schell y Erlend llegaron después de que el cuerpo y la cartera del chico hubieran sido revisados.

—Señor, se trata del joven Erlend, sobrino de Gunnar Nilsen, el fotógrafo. Trae las fotografías que su tío tomó el otro día.

—¿Por qué no ha venido tu tío? —preguntó el comandante Schroeder.

—Señor —titubeó el joven Erlend—. Mi tío se ha caído y se ha roto la pierna. El doctor le ha prohibido salir de casa. Me ha mandado a mí con el encargo —dijo alargando el sobre amarillo. Vio al ayudante de su padre detrás de uno de los oficiales, pero no le dijo nada.

—Este maldito hielo. Este viento helado —dijo por lo bajo el coronel—. Va a acabar con nosotros. En Rusia y aquí.

El comandante abrió el sobre y contempló su contenido, que le pasó al coronel sin decirle nada. Von Richter asintió complacido ante las imágenes que contemplaba.

—Muy bien, comandante. Recibirán en Berlín las imágenes. Muchacho, has contribuido a la grandeza de Reich.

Erlend se quedó callado y su mirada se desvió hacia los prisioneros que no paraban de picar. Nikolaj tenía los ojos clavados en el joven. Los de Erlend se quedaron por unos instantes fijos en los suyos. El hombre de la gorra lo miraba de una manera muy diferente a la de los demás.

—Puedes retirarte ya —le ordenó el comandante.

—Señor —dijo.

—¿Sí?

El chico emitió una leve sonrisa, arqueando las cejas y señalando el sobre con las fotos.

—Ah, sí. Hay que pagarle a tu tío —reconoció el oficial.

—¿Pagarle? Debería darse por pagado al haber tenido el honor de hacer estas fotografías —dijo el coronel.

—Bueno, muchacho. Ahora no tenemos dinero aquí. Pasa mañana por la mañana por la base, en el puerto, y te pagaremos —le ordenó el comandante.

—Sí, señor, como ordene. —No se atrevió a decirles que su tío le había insistido en que no entregara las fotos sin cobrar. No. A aquellos hombres de las cruces negras no se les podía contradecir.

Y se marchó. Cuando estaba a mitad de recorrido, se paró y se volvió para mirar a los prisioneros. La mirada de Nikolaj Dubrowski seguía allí, intensa y penetrante. Tanto que a Erlend Nilsen le estremeció.

MERCEDES Y VALERIA EN EL ISLOTE

Mercedes se levantó muy cansada. Las tormentas le provocaban dolor de cabeza desde que era niña. No tendría que inventarse ninguna excusa para no verse con nadie que no fuera su hija. No recordaba que tenía una cita en casa de Lars.

—Hola mamá, buenos días. ¿Has dormido bien?

—No lo sé, tengo un dolor aquí —dijo tocándose la sien derecha con un dedo.

—Una buena taza de té te hará bien.

Mercedes se sentó y dejó que Valeria le preparara el desayuno. Se rascó el cuello y bostezó.

—Y tú, ¿qué tal has dormido?

—Oh, muy bien, mami. He tenido un sueño precioso.

—Ni rastro del señor Nilsen, espero.

—No, mamá, esta noche con el que he soñado ha sido con... William.

—¡Acabáramos! —exclamó—. Por eso tienes tan buena cara esta mañana.

—Estábamos en un sitio precioso, bajo una cascada, con palmeras y...

—No hace falta que entres en detalles. No me lo cuentes. —Y le lanzó la servilleta a la cara con una sonrisa.

—¿Ves? Te he hecho reír a pesar de tu jaqueca.

—No es una jaqueca. Es un dolorcito de nada. ¿Has quedado con él otra vez hoy?

—¿Con William? No. Todavía no.

—Por cierto, que no me has contado casi nada de lo del museo. Ayer llegaste bastante impactada con lo que viste.

—Es un sitio muy triste, mamá. Mucho.

—Tengo ganas de verlo. Estoy leyendo una novela ambientada en la Segunda Guerra Mundial y me gustaría visitar ese lugar. Pero admito que me da una pereza tremenda salir de aquí. Los días pasan y tengo la sensación de que aún no he conseguido lo que quería.

—¿Qué es lo que querías, mamá?

—Descansar. No pensar en nada, disfrutar del movimiento del mar y del vuelo de las gaviotas. Nada más y nada menos.

—Mamá, tengo una idea —dijo Valeria mientras mojaba un trozo de pan con mermelada en el tazón de leche.

—¿De qué se trata?

—¿Por qué no vamos las dos, solas, al islote de las gaviotas negras? La mar está en calma, podemos coger el bote de remos. Sé donde se puede amarrar. Pescaremos algo.

—O no. No es tan fácil pescar.

—Ellos lo hacen.

—Ellos, Lars y su hijo, lo llevan en su código genético. Los Nilsen han sido pescadores durante generaciones.

—Vamos, mamá —dijo entusiasmada Valeria—. Vístete y ponte el chaleco. Yo remaré.

—¿Desde cuándo quieres remar? Siempre te ha dado mucho miedo.

—Pues hoy no me da ningún miedo.

—Me pregunto qué es lo que habrá pasado durante el sueño. Te noto diferente. Ayer cuando llegaste estabas llena de dolor, y ahora pareces un árbol de navidad: llena de luces de colores.

Valeria cogió a su madre de las manos y la ayudó a levantarse. Dio vueltas con ella en la cocina hasta que ambas tuvieron que sentarse del mareo.

—Está bien, está bien. Vamos.

—Se pasará tu dolor de cabeza, mamá.

—De hecho, ya se me ha pasado. Ha sido la tormenta, y la cama, que es demasiado pequeña y duermo encogida.

Mercedes y Valeria se colocaron los chalecos salvavidas y salieron al muelle donde estaba su pequeño bote de remos. La primera en bajar fue Mercedes, que dio un pequeño salto para acceder a la barquita, que se movió peligrosamente a un lado y a otro. Tenía el corazón encogido y palpitaba más fuerte de lo normal, pero no quiso decirle nada a su hija. No quería mostrar que le aterraba estar metida en algo que no parecía más grande ni más seguro que una cáscara de nuez. Le dio la mano a Valeria, que bajó agarrada con la otra a la barandilla, hasta que tuvo que optar por soltarse y encomendarse a Neptuno para que la protegiera. La embarcación se balanceaba. Había que coger rápidamente los remos, soltar el amarre y lanzarse a la aventura. Así lo hicieron. Justo cuando empezaron ambas a remar, sonó el teléfono de Mercedes.

—No puedo creerlo. Creo que lo desconectaré.

—No lo cojas ahora, mamá —rogó Valeria, que empezaba a pensar aquello de «no pasa nada, no pasa nada, no pasa nada» porque temía que podía pasar cualquier cosa allí en medio del mar. Se volvió a acordar de Leonardo di Caprio con el chaleco que no le sirvió de nada. ¿O no llevaba chaleco salvavidas?

—No pensaba cogerlo. A lo mejor es Lars, que nos está viendo desde su casa y piensa que somos unas temerarias.

—La mar está muy quieta.

—Oye, Valeria.

—¿Qué, mamá?

—Es muy raro que digas «la mar» en vez de «el mar». El femenino lo utiliza la gente que vive en la costa. Las personas de interior, como tú y como yo, decimos normalmente «el mar», no «la mar».

—A lo mejor resulta que yo no soy tan del interior como tú —dijo Valeria sin parar de remar.

Mercedes se quedó callada. Remaron cuatro minutos que se les hicieron eternos, pero después de un par de olas que les mojaron los chubasqueros, consiguieron llegar hasta el embarcadero que había construido el abuelo de Lars muchos años atrás. Bajaron del bote muy contentas por lo que ambas consideraban una hazaña importante. Tal vez habían sido demasiado osadas, pensaba Mercedes. Quizás había sido algo demasiado peligroso. Pero lo habían logrado y ya en el islote, se sentían seguras. Además, para ella era la primera vez que veía el faro desde ese ángulo.

La gran torre roja que recibía infinitos abrazos del mar cada día. La casa de Lars brillaba a lo lejos. No sospechó que desde una de sus ventanas, el hombre observaba sus movimientos con unos prismáticos. El padre de William respiró aliviado cuando vio que habían llegado sanas y salvas a la isla. Pensó en ir hasta el puerto y tener su embarcación preparada por si acaso. No sería la primera vez que algún forastero intrépido había perdido la vida en el mar. El océano no era un juego, segaba vidas en el momento más inesperado. Había llamado por teléfono a Mercedes, pero no le había contestado. Probablemente no lo habría escuchado, creyó.

Las dos mujeres se quedaron unos segundos junto al bote, contemplando aquel paisaje tan peculiar que las rodeaba. Los islotes vírgenes, los roquedales desnudos, con una vegetación apenas perceptible de líquenes, musgo, y pequeñas, pequeñísimas flores de colores que tapizaban el suelo como si estuvieran tejidas en una alfombra. Se oía el parloteo de los pájaros que escondían sus nidos en algún lugar de los islotes. En el rostro de Mercedes se había dibujado una sonrisa ancha que relucía más que nunca desde el día en que llegaron. Valeria se acordó de la expresión de la cara de su madre cuando consiguió alquilar el faro a través de internet, solo unos días antes.

—Esto es precioso, niña. No me extraña que luego sueñes con ese William. Te enseña lugares hermosos.

—Si no me equivoco, su padre quiso mostrarte esta isla también a ti, ¿no? —dijo Valeria con intención.

—Sí, pero no quiero líos, hija mía. Solo me faltaba enamorarme de un hombre en estas tierras. Esto está muy lejos de todo.

—Pues total, mamá..., ya tienes una hija china... Un novio noruego es algo menos exótico. ¡Y este país no está tan lejos!

—¡Anda ya! Calla —la cortó su madre con un empujón en el hombro.

Llegaron al promontorio donde había estado Valeria con el muchacho. Mercedes se sentó y sacaron el hilo de nailon que habían traído. Colocaron un anzuelo oxidado que habían encontrado en un cajón de la cocina, y pusieron el cebo: un resto de carne que habían sacado de la basura y que no olía nada bien.

—No sé, no sé si me va a gustar un pez que sea capaz de acercarse a algo que huele tan mal —dijo Mercedes.

—¿Sabes, mamá? Estas piedras las colocaron aquí el farero y su padre.

—El farero y su padre... —repitió ella— deja que me sitúe. Te refieres al padre y al abuelo de Lars.

—Sí, efectivamente.

—Es muy buena idea. Algo plano para el trasero está bien. Pero ¿ves?, ya ha salido musgo también. De hecho, sería ideal que estuviera un poco más mullido.

—En uno de los sueños, el viejo farero me dijo algo de estas piedras. Pero no recuerdo qué.

—¿Ya estás con esas historias de los sueños otra vez? Te diría lo mismo que te había contado William, que es lo que se quedó dentro de tu memoria. Mira, hija, la memoria funciona como un ordenador: tiene dentro lo que tú le metes. En los sueños se distorsiona y se mezcla todo. Sin más. No hay que buscarle más explicaciones.

—No he dicho nada, mamá. Solo que he recordado que mencionó algo con respecto a este lugar.

—La verdad es que tienen pinta de pesar muchísimo. El que las trajo debía de ser un hombre muy fuerte.

—Como Lars —replicó Valeria guiñándole un ojo a su madre.

—O como William —contestó Mercedes, torciendo la boca en un gesto que repetía a menudo.

—¡Oh, mamá, mira! ¡Ha picado!

Y Valeria estiró el hilo hasta que un pez de tamaño mediano dio con sus escamas en la orilla. Se retorció unos cuantos segundos hasta que se quedó inmóvil.

—¡Anda, pobre, se ha muerto! —exclamó la chica.

—¡Pues que te crees tú, niña! Los peces que se pescan y se dejan fuera del agua se mueren. Sin remedio. Como los que pescó William el otro día.

Valeria se quedó callada.

—Y todos los pescados que te comes han corrido la misma suerte que este.

—¡Ay, mamá! Me parece que no voy a comer pescado nunca más.

—Deja de decir tonterías, sácalo del anzuelo y ponlo en la cesta. Nos lo comeremos hoy mismo.

Volvió a sonar el teléfono dentro del bolsillo de Mercedes. Se tuvo que quitar el chaleco para poder llegar hasta él. Cuando lo hizo, la melodía ya se había apagado, pero un nombre conocido parpadeaba en la pantalla.

—Era Lars. Y antes también —dijo.

—Llámalo. Querrá concretar la hora de la comida. ¿No nos había invitado a comer hoy? Así no tendremos que comernos a ese pobre desgraciado. —Señaló con la cabeza el cadáver que yacía en el cesto. La imagen del pez le recordó la de la sirena en que se había convertido al final del sueño. Le dio un escalofrío e insistió—. Anda, mamá, llámalo.

—Lo había olvidado. Con la tormenta y el dolor de cabeza, no me acordaba de que Lars nos había invitado. ¿Cómo es posible? Pero veo que tú lo recordabas bien. Lo que tú quieres es quedar con su hijo. Me parece bien, pero no pretendas liarme a mí con el padre. Que una cosa es una cosa y otra cosa es otra cosa —replicó su madre.

—Eso lo he entendido perfectamente, mamá. Pero no lo digo por eso.

De nuevo la melodía del móvil invadió el aire del islote. Mercedes arqueó las cejas y torció la boca.

—Cógelo y dile que ya estamos preparadas —le suplicó la chica.

Mercedes accedió y contestó la llamada.

Efectivamete, estaban invitadas a comer en casa de Lars, que las recogería en el faro a las dos. Aún faltaba un rato para la cita.

—Podemos dar un paseo por el islote, Lars nos recogerá en el faro dentro de —miró su reloj— dos horas y media.

UN PASEO JUNTO AL MAR

Lars y William habían preparado una comida deliciosa: carne de reno con salsa de arándanos rojos y enebro. Los nuevos sabores habían entusiasmado a Mercedes, que empezaba a pensar que la vida social no era tan terrible en vacaciones. Valeria y William habían salido a dar una vuelta por los alrededores de la casa. La orilla era agreste, con rocas que empezaban en cuanto terminaban los campos de cereales. Había muchas algas y tenían que tener cuidado al caminar, pues el terreno era muy resbaladizo. El faro se veía majestuoso desde ese rincón de la costa, y Valeria no paraba de mirarlo. Como si emanara de él un extraño magnetismo que provocaba que la muchacha no apartara sus ojos de él. Tanto que después de un rato, tropezó. William pensó en tomarla de la mano para que no se cayera, pero no se atrevió. Estuvieron hablando del faro y de su experiencia del día anterior.

—Me pregunto qué sentirían aquellos hombres, encerrados y con todo el mar delante de ellos y sin poder huir —reflexionó Valeria en voz alta.

—Y viendo el faro desde la ventana —continuó William.

—Yo creo —se paró la chica para hablar—, yo creo que verían el faro como una luz de esperanza, como una estrella, como una guía en la noche de su angustia.

—Supongo que vivieron todos aquellos meses encerrados como en una noche larga, enorme, intensa, oscura, negra.

—Una noche oscura e interminable —susurró ella—. Sí, tal vez la luz del faro les ayudaba a vivir.

—Tal vez. Nunca lo sabremos.

—O sí. Nunca se sabe —dijo Valeria sin saber por qué.

—¿Nunca se sabe? Los muertos no regresarán a contárnoslo. Eso seguro —afirmó taxativo el muchacho.

—Nunca se sabe —repitió la chica, con una sonrisa apenas peceptible.

Y volvió a caminar sobre las rocas, con la mente absorta. En sus pensamientos le asaltaba la imagen del viejo farero y la de los hombres de las fotografías. Iba tan concentrada que no vio un saliente en la roca. Volvió a tropezar y esta vez, cayó.

—Vaya, ¿te has hecho daño?

No contestó, pero emitió un bufido. La caída había provocado un par de rasguños profundos en la rodilla derecha. La piedra quedó manchada de sangre y el pantalón roto.

Valeria miró a su amigo con cara de angustia. Le escocía muchísimo la piel. Y además, sus pantalones favoritos habían quedado hechos una pena. Se los había puesto porque iba a ver a William y quería estar estupenda. Eran de color violeta y le sentaban maravillosamente.

—Será mejor que volvamos a casa. En el botiquín hay alcohol y gasas. Te curaré muy bien, ya lo verás. ¿Puedes levantarte sola?

Por supuesto que podía levantarse sola, aquello era un rasguño, profundo, eso sí, pero rasguño al fin y al cabo. No se había roto nada y no necesitaba ayuda.

—No, no sé si puedo —mintió—. Será mejor que me des la mano, por si acaso.

William le dio una mano y con el otro brazo la cogió por la cintura para ayudarla a ponerse de pie. Se quedaron juntos, muy juntos y entrelazados. Valeria era un poco más bajita que el chico y su frente quedaba a la altura de la nariz de él. Le hizo cosquillas con el pelo y William sonrió. Con una mano le apartó el mechón que los separaba.

—¿No te molesta el pelo en la cara?

—No, bueno..., es que..., se me ha desordenado un poco con la caída.

—Tienes un pelo precioso, ¿sabes? —le dijo él, acariciándolo—. Tan negro como una noche de invierno.

—¡Qué poeta estás hecho! —contestó la muchacha.

—Y tus ojos me encantan. —William bajó sus dedos hasta los casi inexistentes párpados de Valeria, que empezó a temblar desde la cabeza hasta las puntas de los pies. Intentaba sonreír, pero lo único que le salió fue un arqueo de cejas más anguloso de lo habitual.

—Son muy pequeños —musitó.

—¿Te duele mucho la rodilla? —preguntó William, que no sabía cómo continuar.

—No, no me duele —titubeó Valeria, que tampoco sabía qué decir—. Bueno, un poco.

—Si quieres, vamos ya a casa y te pongo alcohol.

—No, si casi no me duele —mintió.

Ninguno de los dos quería desasirse de los brazos del otro. Las olas batían en las rocas, en los promontorios, el sol brillaba en el cielo, el faro se erguía sobre el mar, la tierra seguía girando al mismo ritmo de siempre. Pero desde hacía unos segundos, el mundo era diferente para William y Valeria. La energía individual de sus cuerpos se había fusionado a través de los dedos, de las miradas, de las leves caricias. Valeria recordó el sabor de los besos de William en el sueño y consiguió sonreír. Él hizo lo mismo. Lo que no sabían ni el uno ni el otro era que ambos habían soñado lo mismo la noche anterior. En el sueño de William, también se besaban durante horas en el fondo del mar. Y también Valeria salía del agua convertida en sirena.

—¿Y si se te infecta la herida?

—¡Qué exagerado! A lo mejor me tienen que cortar la pierna —bromeó.

—Y como te has herido con una roca mojada en agua de mar, a lo mejor resulta que la pierna se va transformando en la cola de un pez. Y tú te conviertes en sirena.

Valeria dio un respingo cuando escuchó la palabra «sirena» de labios de William.

—No, no. En sirena no, gracias —dijo.

—¿No te gustan las sirenas?

—No.

—¿Y si yo fuera un príncipe y tú fueras una sirena como la del cuento? —William era un poco torpe en sus comentarios.

—¡Pues aún menos! ¡Pobre sirenita! ¡Acabó fatal! —exclamó Valeria.

—Vale. Bueno —titubeó, tras darse cuenta de que había roto el hechizo al hablar de las sirenas—, será mejor que volvamos a casa y veamos tu rodilla.

Y el abrazo se borró de sus cuerpos, como ocurre con las palabras escritas en la arena tras el paso de una ola. Ambos tragaron saliva y caminaron en silencio, conscientes de que había pasado algo entre los dos. Algo para lo que ninguno encontraba el adjetivo apropiado.

UN ENCARGO INCÓMODO

Erlend volvió a casa de su tío sin las fotografías y sin el dinero. El señor Nilsen no se quedó contento con la explicación, pero no le quedó otro remedio que esperar hasta el día siguiente. Su sobrino no regresó esa noche al faro. Cuando se acostó, no podía dejar de pensar en dos cosas: la primera era en la presencia del ayudante de su padre, aquel traidor, como lo llamaba toda la familia, de Tor Jakobsen. Eso confirmaba las sospechas de todos, incluido el doctor Carlsen, de que aquel hombrecillo desagradable colaboraba con los nazis. Y la segunda era en los rostros de aquellos prisioneros rusos que cavaban la tierra helada como si estuvieran construyendo su propia tumba. El muchacho miraba la lámpara del techo de la habitación. Sabía que estaba allí arriba, dorada, con los apliques para las velas, pero no la veía. La noche estaba oscura y hasta allí no llegaba la luz del faro. Erlend no estaba acostumbrado a las noches sin luz, ni siquiera en invierno. El resplandor del haz del faro iluminaba cada una de sus noches desde que era pequeño. Cuando años más tarde, emprendiera viajes por las lejanas tierras del sur y del Oriente, disfrutaba de la oscuridad de los camarotes. Le parecía que su sensación debía de parecerse mucho a lo que sentían los seres aún no nacidos dentro del seno de sus madres.

Pero aquella noche oscura estaba rabioso de injusticia y de traición, y apenas consiguió dormir un par de horas. Se levantó temprano y se lavó la cara. El agua estaba tan fría que le dolió. El aljibe del faro guardaba el agua de la lluvia, y el muro era tan ancho que el agua nunca estaba tan gélida como en casa de su tío. Al menos, eso le pareció a él.

—Tío, me voy al puerto, a ver si me pagan los alemanes.

—Muy bien, hijo. A la vuelta, entra en la tienda de ultramarinos y compra harina, si tienen. Apenas queda pan. Y un poco de mantequilla en la granja. Y si les quedan cuatro o cinco huevos, se los compras también.

—Sí tío, así lo haré.

Erlend se anudó la bufanda, se puso los guantes de lana que le hiciera su abuela y se montó en la bicicleta. Hacía muchísimo frío y el vaho se le helaba sobre la bufanda. El cielo estaba aún estrellado, no hacía viento, y el frío cortaba. La bufanda estaba blanca, cubierta de la escarcha que producía el vapor que salía de su boca al respirar. Sus pestañas estaban también blancas y unas lagrimillas se habían quedado heladas en sus mejillas. Cuando llegó al puerto, al otro lado de la alambrada, una larga fila de hombres esperaba la comida con una escudilla y un vaso de metal en las manos. Algunos tenían guantes, otros no. Algunos tiritaban de frío, otros saltaban para mitigar el efecto de la temperatura. El termómetro del jardín de su tío marcaba veinte grados bajo cero. Pensó en aquellos hombres dentro del almacén convertido en prisión. ¿Cómo serían sus noches? Llegó a la conclusión de que debían de ser muy frías. Y muy oscuras.

Se le acercó uno de los soldados del puesto de guardia.

—¿Qué haces aquí? No puedes acercarte.

—Vengo a ver al comandante. Me dijo que viniera hoy por la mañana. Soy el sobrino del fotógrafo y tiene que pagarme un trabajo.

—Ah sí, pasa. —El soldado le abrió la puerta—. Tenemos órdenes de dejarte entrar. Acompáñame.

El muchacho se adentró en la base, donde pudo ver más de cerca los rostros helados de los prisioneros. Muy delgados, algunos se cubrían con mantas mientras esperaban el frugal desayuno. El hombre de la gorra era uno de los últimos de la fila. Reconoció su mirada entre las de todos los demás. Erlend se paró cuando lo vio. Algo le impulsaba a hablar con él. Probablemente el deseo que adivinaba en los ojos del ruso de hacer lo mismo. Desde el día anterior, tenía la sensación de que aquel soldado quería comunicarse con él.

—Eh, tú, no te pares. No hables con los prisioneros —le dijo el guardián.

—Ya, claro... voy —titubeó.

Entraron en el almacén, donde estaban los oficiales desayunando. Olía a café recién hecho. Un olor que Erlend llevaba meses sin disfrutar. El café auténtico era solo para los alemanes. Los noruegos tenían que conformarse con cereales tostados. El soldado que lo había acompañado le dijo algo al oído al comandante, que se volvió a mirar al muchacho, que esperaba con su gorro en la mano junto a la puerta.

—Pasa, pasa. Aquí tendrás menos frío. Acércate a la estufa. Hoy hace frío ¿eh? Este clima vuestro puede acabar con todos los ejércitos.

El chico no contestó y se limitó a sonreír.

—¿Quieres una taza de café, muchacho? Te aseguro que no se parece en nada a lo que estás acostumbrado? —le dijo el comandante mientras rodeaba sus hombros con el brazo. Un brazo que a Erlend le pareció una viga de acero.

—No, señor. Muchas gracias. Tengo prisa —mintió. No quería nada de aquellos hombres de uniformes grises y cruces negras.

—Vamos, vamos. Un café se bebe enseguida. Así entrarás en calor. Schell, sírvale una taza al chico.

A Erlend no le quedó otro remedio que obedecer al comandante. Se quitó un guante y cogió la taza que le entregaba el soldado. Estaba caliente. Se la acercó a los labios y bebió su contenido de un trago. No tenía azúcar. Nunca un café le había parecido tan amargo.

—Y ahora, aquí tienes el pago. El precio convenido con tu tío. —El comandante sacó un sobre del cajón de un escritorio—. Toma, y esto para ti. Una propina.

—No, señor, no puedo aceptarla.

—¿Cómo dices?

—No puedo aceptarla. Mi tío ya me va a pagar por hacerle este recado. Es suficiente.

—Pero yo también quiero pagarte, chico. Toma.

—No, señor.

—Muchacho. —El comandante lo agarró del brazo. Apretó tanto que a Erlend le dolió—. Coge este dinero. A un oficial del Tercer Reich nadie le niega nada. Y menos un crío como tú. Hasta ahí podíamos llegar. Eres buen chico. Pero los buenos no viven más que los malos. Te podría mandar fusilar ahora mismo, ¿te enteras?

—Sí, señor. —Y Erlend tomó las monedas que le extendía el hombre del uniforme gris.

—Buen chico. Y listo. Vives en el faro, ¿verdad?

—Sí señor.

—Tor Jakobsen es un buen amigo nuestro. Pórtate bien, o él nos lo contará —dijo mientras volvía a sentarse y a servirse otro café—. Y ahora puedes retirarte.

—Sí, señor —dijo en voz baja Erlend, avergonzado por haber aceptado la propina—. Gracias, señor.

Y salió con un gusto amargo en la boca y con el estómago revuelto. Pasó junto a la fila de los hombres, que ya habían empezado a recibir la comida. Cuando pasó al lado del hombre de la gorra, a este se le cayó la jarra aún vacía. Erlend se agachó para recogérsela. Había un papel dentro. La mirada del prisionero le dijo que era para él. Lo sacó sin que nadie lo viera y se lo guardó en el bolsillo. Salió del recinto y montó en la bicicleta. Solo cuando estuvo en casa de su tío, en el dormitorio, se atrevió a extender el papel arrugado y a leer su contenido. Estaba escrito en noruego y decía así: «Necesito una radio para comunicar nuestra posición al ejército ruso. Confío en ti. Veo las luces del faro todas las noches. ¡Por la libertad! ¡Por la igualdad! ¡Por la fraternidad!». Erlend volvió a arrugar el papel, y se pasó la mano por la frente. No sabía qué hacer. Estaba muy nervioso. Optó por enseñarle el mensaje a su tío.

—Es muy peligroso. Primero, conseguir una radio en los tiempos que corren. Y segundo, hacérsela llegar a ese hombre. Y con ese maldito Tor Jakobsen tan cerca. No sé, no sé, Erlend. Tendrás que hablar con tu padre, pero con mucho cuidado. Tienes el peor de los espías dentro del faro. Echa el papel a la estufa inmediatamente. ¿Seguro que no te ha visto nadie cogerlo? —Gunnar Nilsen temía a los nazis de los que se contaban cosas terribles. Si sospechaban siquiera que se comunicaban en secreto con uno de los prisioneros, los fusilarían a todos sin ningún miramiento.

—No, tío. No nos ha visto nadie. Ha sido un momento.

—¿Y por qué habrá confiado en ti?

—No sé, tío. No sé. ¿Qué hacemos?

—De momento ve al faro, como si nada hubiera pasado. Compórtate de manera natural, como siempre. Díselo a tu padre y a ver si entre él y yo podemos conseguir los materiales para hacer esa radio. Esto es una locura. Nunca debí haberte mandado. Si hubiera ido yo, ese ruso no se habría atrevido a darme el papel. Y ahora... ¿qué demonios podemos hacer? ¿Olvidarnos de esto? ¿Intentar hacer la radio? A lo mejor, acabaremos en un paredón. Pero intentaremos ayudarlos. ¿Quién sabe si esto puede ayudar a que las cosas cambien? Hablaré con el doctor Carlsen. Él nos ayudará. Pero sobre todo, mantente alejado de Tor. Afortunadamente —irónizo Gunnar—, tenemos la excusa de mi pierna para que vayas y vengas del faro a esta casa y viceversa. Luego encontraremos la manera de hacerle llegar la radio al ruso. Pero primero tenemos que fabricarla. No será fácil. Nada será fácil. —El tío de Gunnar golpeaba rítmicamente el suelo con su pierna sana—. Hay una frase en ese mensaje que me parece que tiene un doble sentido.

—¿Cuál? —preguntó Erlend.

—Dice que ve las luces del faro todas las noches.

—Sí, eso dice. ¿Qué tiene de especial?

—Que si lo ha escrito, será por algo. Quizás quiere que te comuniques con él a través de las luces.

—¿Cómo puedo comunicarme con él así?

—Mediante el lenguaje morse. Ráfagas rítmicas que emitan señales.

—¿Crees que pretende que cambiemos el ritmo del faro? Eso no puede ser —protestó Erlend.

—No hay que cambiar nada. Se trataría de emitir otras luces con los focos mientras el haz de luz del faro mirara hacia tierra. La zona que mira al mar estaría oscura, y durante esos segundos se podrían hacer las señales en morse.

—Pero todo el mundo se daría cuenta y estaríamos en peligro.

—Ya estamos en peligro. Y no, Erlend. Nadie sabría que estás emitiendo mensajes. Solo él, desde la ventana de esa prisión en que está. Las luces serían tan tenues que ningún soldado alemán de guardia se daría cuenta de que hay un ritmo codificado. Pero él sí, porque él estará esperando los leves cambios de luz para leerlos. Sí, eso es lo que quiere, por eso ha escrito que ve las luces del faro.

—¿Y Tor Jakobsen? Si me descubre, se lo dirá a los nazis y estaremos perdidos.

—Ahí está tu inteligencia y tu habilidad, Erlend. Tendrás que emitir señales en morse desde el faro sin que ese maldito traidor se dé cuenta. —El tío Gunnar tomó la mano de su sobrino y la apretó fuerte. Tal vez tenía más coraje del que él mismo sospechaba—. Haremos cualquier cosa que ayude a ganar esta guerra, Erlend. Cualquier cosa.

Y el joven Nilsen cogió el papel, lo volvió a leer, y lo introdujo en la estufa. Luego metió sus cosas en una mochila y se encaminó al puerto para coger su bote y regresar al faro. Cuando pasó junto al almacén, solo quedaban ya los soldados de guardia, que lo saludaron con la mano. Él les devolvió el saludo. Los ciento noventa y cinco rusos ya estaban en el campo de trabajo. La pista de aterrizaje estaba cada día más cerca.

EL QUINTO SUEÑO DE VALERIA

Cuando William y Valeria llegaron a la casa blanca, se encontraron a Mercedes y a Lars jugando una animada partida de cartas. Ella le estaba enseñando las reglas del guiñote, un juego muy popular de su tierra, y sus carcajadas se escuchaban desde el jardín. Los chicos fueron directamente al cuarto de baño, donde estaba el botiquín, y no dijeron nada acerca de la caída. La joven se remangó el pantalón para dejar libre la zona de la rodilla, y William sacó el alcohol, el algodón, unas gasas y esparadrapo. Sus dedos rozaron muy levemente la piel de Valeria, que sintió como toda ella se estremecía al notar las manos del muchacho. William era muy cuidadoso y limpiaba la herida con primor. Mientras lo hacía, se acordaba de las curas que le hacía a su madre en los últimos tiempos, cuando después de meses en cama, su frágil cuerpo había sufrido llagas terribles. Su corazón también palpitó más deprisa, pero debido a recuerdos dolorosos y no a tener entre sus manos la hermosa piel de Valeria.

—¿Qué pasa aquí? —apareció Mercedes en la puerta del cuarto de baño.

—Nada, mamá.

—¿Nada?

—Valeria se ha caído y se ha hecho un rasguño. La estoy curando.

—Déjame ver. —La madre se acercó—. Vaya, esto es más que un rasguño. ¿Le has limpiado bien la herida, William?

—Sí, ya casi está. Le voy a poner unas gasas y listo.

—William es un experto en limpiar heridas —intervino Lars, que también había acudido al oír voces—. De cuando su madre estaba enferma.

—Entiendo —dijo Mercedes, que comprendió que debían volver al faro. El accidente de Valeria estaba trayendo recuerdos tristes a las memorias de sus amigos—. Creo que tenemos que regresar a casa. Quiero decir, al faro.

—Pero si no pasa nada, mamá. Estoy bien.

—Sí, pero se hace tarde. Vaya, se ha roto tu pantalón —lamentó Mercedes.

—Sí, se ha roto por la rodilla. Lo cortaré y lo convertiré en unas bermudas. No pasa nada.

—No, no pasa nada —dijo mirando a Lars, cuyos ojos se habían teñido de sombra—. Bueno, será mejor que nos vayamos. Pero tendréis que acercarnos hasta «casa».

Así lo hicieron. Mercedes y Valeria cruzaron en silencio un mar que estaba más quieto que nunca. Los cuatro estaban absortos en sus pensamientos. Lars pensaba en los últimos días de Inger y en que todavía no estaba abierto para volverse a enamorar. Mercedes pensaba que era una pena que sus situaciones no fueran diferentes porque Lars empezaba a gustarle mucho. Los pensamientos de William pasaban por la piel de Valeria y por los momentos en que habían estado abrazados junto al mar. Había sido idiota por no haberla besado entonces, y ahora no sabía ni cuándo ni de qué manera se iba a repetir una situación parecida. No se trataba de que la chica se fuera cayendo cada día para poderla recoger. Tendría que pensar una estrategia. Y Valeria pensaba en lo a gusto que se había sentido entre los brazos de William, y en que debería haberle dado un beso, aunque a él le hubiera parecido que era una fresca. Su estómago estaba lleno de mariposas que revoloteaban. Y no precisamente por el vaivén de la barca.

Ya en el faro, su madre subió a leer un rato a la biblioteca, y ella se retiró a la habitación. Cogió unas tijeras y cortó los pantalones a la altura de la rodilla. Sacó los flecos y cambió el modelo en un santiamén. Se contempló el vendaje y lo acarició. Le gustaba tocar el mismo lugar por donde antes habían paseado las manos de William. Después de cenar, cerró los ojos e intentó recordar los momentos mágicos que había disfrutado ese día. Se pasó los dedos por el pelo que William le había acariciado, se metió en la cama y cerró los ojos. No tardó en dormirse pensando en el muchacho, en el mar, en la caída, en su abrazo, incluso en las sirenas.

Al poco rato apareció Erlend Nilsen en su sueño. A Valeria le pareció que estaba mucho más joven y que se parecía extrardinariamente a William.

—¿Cómo fue tu excursión al museo de la guerra, Valeria? —le preguntó dos veces el viejo farero. La chica estaba en medio de otro sueño en el que William iba en bicicleta junto al puerto, y no quería salir de él.

—Ah, hola señor Nilsen. Buenas noches. El museo... —titubeó—. Frío, triste, inhóspito...

—Ya te lo decía yo. No deberías haber ido.

—Había fotos de los prisioneros rusos. Parecía que me miraban.

—Claro que te miraban. Ellos miraban a todos los que no llevábamos uniformes. Se sentían protegidos cuando se refugiaban en los ojos de los que no éramos nazis —dijo Erlend, mientras se sentaba en la butaca. Tuvo que quitar los restos del pantalón que estaban en el asiento—. ¿Y esto?

—Me he caído y se me ha roto el pantalón. Lo he cortado.

—¿Te has hecho daño?

—Unos rasguños. William me ha curado muy bien.

—William es un chico estupendo. Y le gusta hacer de enfermero. Claro que el doctor Carlsen te habría curado maravillosamente.

—¿Quién es el doctor Carlsen?

—Ya no es nadie. Solo vive en la memoria de algunos. Murió —dijo apesadumbrado.

—¿Murió?

—Lo mataron los nazis —dijo mientras sacaba su pipa del bolsillo. Le fue sacando brillo con una gamuza que llevaba en algún lugar de la chaqueta.

—¿Por qué? —preguntó Valeria.

—Ellos no necesitaban ninguna razón para matar. —Nilsen movió la cabeza de un lado a otro. Algunos recuerdos dolían aún después de la muerte.

—¿Qué le pasó al doctor? —preguntó curiosa la chica.

—Prefiero no hablar ahora de lo que le ocurrió al doctor Carlsen, pequeña.

—Y a los prisioneros rusos, ¿los conoció usted?

—¿A los de las fotos? —Erlend se sonrío y bajó la mirada—. Por supuesto. Mi tío hizo esas fotos y yo las entregué. Los vi, y hablé con algunos de los prisioneros en varios momentos.

—¿De verdad? —Valeria se incorporó y se sentó en la cama.

—Entablé una especie de amistad con dos de ellos. ¿Te has fijado en la foto, en un hombre que lleva una gorra de plato, y en otro que parece guardar un pañuelo entre sus manos?

—Sí. Me llamó la atención la manera de mirar que tenía el soldado de la gorra. Era diferente a la de los demás. Es el favorito de William.

—El teniente Nikolaj Dubrowski. Se llamaba Nikolaj Dubrowski. Había algo especial en él. Su rostro es uno de los pocos que permanecen en mi memoria, a pesar del tiempo que llevamos los dos fuera del mundo.

—¿También murió durante la guerra? —inquirió Valeria, abriendo los ojos lo más que pudo.

—Murieron millones de personas en esa guerra a causa de la sinrazón.

—¿Y él? ¿El teniente también murió?

—Verás, Valeria. Había ciento noventa y cinco prisioneros rusos. Los trajeron para construir un aeropuerto durante el invierno de 1941. Aquel fue el invierno más duro que vivimos durante la guerra. Fue horrible. Se congelaban hasta los sentimientos. Yo vivía entonces en el faro con mi familia y con el ayudante de mi padre, un traidor amigo de los nazis llamado Tor Jakobsen. Yo iba a menudo a tierra para ayudar a mi tío, un fotógrafo que hizo algunos trabajos para los alemanes. Las fotos que viste ayer, por ejemplo. Algunas las hizo mi tío, y otras las hice yo mismo. Por eso tuve ocasión de entrar en el recinto donde estaban los prisioneros. Y también en su campo de trabajo. Dubrowski se fijó en mí desde el primer momento y entabló contacto en cuanto pudo.

Erlend le contó a Valeria cómo había encontrado el mensaje del teniente y su contenido, así como las ideas de su tío Gunnar acerca de las señales en código morse desde el faro. Valeria estaba fascinada con la historia y quería saber más.

Pero el día estaba a punto de llegar y el viejo farero tenía que marcharse.

—Mañana te contaré más, pequeña. Es hora de irse. Tu madre está a punto de despertarse. No quiero que me vea aquí. Por cierto, me parece que aún no habéis encontrado la puerta del pozo, ¿verdad?

—No —recordó Valeria de pronto. Hacía varios días que no pensaba en el pozo.

—Está justo debajo de la lámpara del techo. Y ahora me voy. —Se levantó de la butaca y metió de nuevo la pipa apagada en el bolsillo—. Ah, y no le cuentes a nadie que te he dicho dónde está la tramplilla.

—Señor Nilsen —lo llamó la chica.

—¿Qué?

—Su nieto me gusta mucho —se atrevió a confesarle.

—Ya lo sabía. Tú a él también le gustas. Y mucho. Hasta mañana... si me invitas a tus sueños. Claro que... a lo mejor prefieres la presencia de William —sugirió con una sonrisa que le llenó de nuevo la cara de arrugas.

—A William lo prefiero de día —musitó Valeria—. Usted puede regresar cada noche a contarme cosas sobre el teniente Dubros... ¿qué?

—Dubrowski, el teniente Nikolaj Dubrowski.

Y Valeria se incorporó y extendió sus brazos hacia el anciano, que enseguida desapareció al otro lado de la puerta. Un rato después la despertó la voz de Mercedes desde la cocina y un delicioso olor a huevos fritos.

UNA MAÑANA MUY PARTICULAR

Mercedes había pasado una noche bastante revuelta. No había conseguido dormir bien. La imagen de Lars la asaltaba constantemente, y su mirada triste al recordar a su mujer muerta le sobrevenía una y otra vez. Durante la tarde, habían hablado de muchas cosas. También de algunos de los secretos del faro.

—Lars me contó ayer que en uno de los cajones de la vitrina hay un libro sobre la historia de este faro. Una especie de cuaderno de bitácora en el que se apuntaban los nombres de los fareros, de los ayudantes, los eventos importantes que ocurrían... Podemos buscarlo. Puede ser interesante echarle un vistazo.

Valeria recordó las palabras de Erlend durante el sueño. El hombre había mencionado varias veces el faro con respecto a la historia de los prisioneros rusos: el ayudante era un traidor confidente de los nazis y, además, algo le había contado acerca de señales en código morse. No recordaba todos los detalles, pero estaba segura de que el viejo farero había hablado de ambas cosas en algún momento.

—Sí, puede ser interesante —concedió Valeria.

—También me ha contado otra cosa —continuó su madre.

—¿El qué?

—Desde que llegamos nos preguntábamos de dónde sale el agua que bebemos. Pues bien, ya lo sé —dijo satisfecha, mientras a su hija le daba un vuelco el corazón.

—¿Y?

—Ven conmigo.

Se dirigieron a la despensa y Mercedes se agachó para examinar el suelo.

—Debe de estar por aquí la trampilla que da al pozo —comentó.

—¿Un pozo? —preguntó Valeria para disimular.

—En realidad es un aljibe que guarda el agua de la lluvia. La almacena y sube a los grifos mediante un sistema de bombas que no fui capaz de entender. No la encuentro.

Valeria miró la lámpara y luego bajó la mirada justo debajo. Allí es donde Erlend Nilsen le había dicho a ella que estaba la puerta de acceso al pozo. Se agachó y empezó a tocar las maderas hasta que encontró un saliente.

—Aquí está. Justo donde él había dicho —exclamó excitada. Había olvidado que le había prometido al farero que aquello sería un secreto entre los dos.

—¿Él? —preguntó su madre—. ¿Te lo ha contado William? ¡Y yo que quería darte una sorpresa!

—No, no ha sido William, mamá. Ha sido él. El otro.

—¿Lars?

—No, mamá. El otro Nilsen. El abuelo.

—¡Ya estás otra vez con esas tonterías! El abuelo está muerto y los muertos no tienen la costumbre de hablar. Te lo estás inventando.

—No me lo estoy inventando, mamá. Lo he vuelto a ver otras noches. Y hace un rato precisamente, me ha preguntado por el pozo y me ha confesado dónde estaba la entrada, justo debajo de la lámpara. Y ya ves, ahí está.

Mercedes se levantó y obligó a su hija a hacer lo mismo. La miró muy seria, más de lo que había hecho nunca antes.

—No existen los fantasmas, Valeria.

—No sé si existen los fantasmas, mamá. Pero el abuelo de William aparece en mis sueños y me cuenta cosas.

—¿Y qué más te cuenta, si se puede saber? —preguntó mientras cruzaba los brazos a la altura de la cintura.

—Has dicho que hay un libro con los nombres de los fareros y de los ayudantes, ¿no es cierto?

—Sí, eso parece.

—En ningún momento Lars ha mencionado el nombre del ayudante de su abuelo ¿verdad?, el que era el farero durante la Segunda Guerra Mundial —interrogó Valeria a su madre, que negó con la cabeza—. Es decir, el ayudante del padre de Erlend Nilsen.

—No, no lo ha mencionado. Pero a lo mejor William sí te lo ha nombrado, y tú lo has recordado en tu sueño, si es ahí a donde quieres ir a parar —replicó Mercedes.

—Llámalo y pregúntale. Toma el teléfono. —Le extendió el aparato que guardaba en su bolsillo. Buscó el nombre del muchacho y marcó. Su madre cogió el móvil y se lo acercó al oído.

—¿Valeria? —contestó el muchacho al otro lado.

—No soy Valeria. Soy su madre.

—¿Pasa algo? ¿La herida está peor? —preguntó asustado.

—No es nada. Todo está bien. Quería preguntarte algo. ¿Tú sabes cómo se llamaba el ayudante de tu bisabuelo en el faro?

—¿Cómo dice? —William se podía esperar cualquier cosa, incluso que Mercedes lo riñera por haber abrazado a su hija, pero desde luego no que le preguntara por un hombre que vivió hacía tanto tiempo.

—Digo que si conoces el nombre del que fue ayudante en el faro durante la Segunda Guerra Mundial.

—Pues no, la verdad es que no. Espere un momento. —El chico le repitió la pregunta a su padre, que entraba en ese momento en la casa. Lars le pidió que le dejara el teléfono.

—¿Mercedes? Buenos días. No, no sé cómo se llamaba aquel hombre. Si no recuerdo mal, contaban que había algo oscuro en ese tipo. Algo relacionado con los nazis. Pero su nombre lo desconozco. Pero, ah, espera, estará en el libro de bitácora del que te hablé ayer. El que está en el cajón de la vitrina. Ahí estará. Pero, ¿por qué queréis saberlo? ¿Qué interés puede tener ese nombre?

—Esa es otra historia que te contaré en otro momento. Gracias por la información —contestó Mercedes, que colgó el teléfono, se lo dio a su hija, y volvió a cruzar los brazos con una mirada muy inquisitorial.

—¿Qué te han dicho? —preguntó Valeria.

—No lo saben. Pero dice Lars que el nombre estará escrito en el libro.

—Se llamaba Tor Jakobsen y era un traidor. Colaboraba con los alemanes en contra de sus compatriotas —afirmó contundente Valeria.

—Tor Jakobsen —repitió su madre—. Supongo que has descubierto el libro durante estos días, has leído los nombres, y me estás tomando el pelo. O simplemente te estás inventando el nombre, como todo lo demás. ¿Por qué haces esto? —Mercedes parecía enfadada.

—Mamá, no te estoy tomando el pelo. Te aseguro que me lo ha dicho él. No sabía nada de ese libro hasta que lo has nombrado tú. No lo he visto. —Las lágrimas de Valeria estaban a punto de salir de rabia—. Te lo juro. —Y cruzó sus dedos índices en un gesto que solía hacer de niña en el colegio.

—Vamos a buscar ese maldito libro.

La tomó de la mano y juntas subieron al piso de arriba donde debían encontrarlo. Abrió Mercedes el primer cajón pero en su interior no había más que manteles de diferentes colores: rojos para Navidad, amarillos para Pascua. El segundo cajón guardaba varios libros con las tapas de piel desgastadas por el paso del tiempo, y por las manos sucias que los habían ido utilizando. Los sacaron todos: había un total de siete. Mercedes abrió el más antiguo, que mostraba en su cubierta la fecha de 1880. La misma del recorte de periódico que estaba enmarcado en un pasillo. Llegaba hasta el 22 de enero de 1899. Siguió mirando hasta que llegó al que correspondía a los años de la contienda.

—Busca el año 1941. Fue entonces cuando los prisioneros rusos vivieron en el puerto.

Mercedes buscó la fecha, y enseguida la encontró. Allí estaba escrito el nombre del farero, Mathias Nilsen, que vivía con su mujer Sigrid y con sus hijos Erlend y María. El señor Nilsen tenía un ayudante llamado Tor Jakobsen, que se alojaba en el piso de arriba con su mujer, de nombre Elen. Los Jakobsen estuvieron allí desde marzo de 1940 hasta febrero de 1942. A Mercedes le dio un escalofrío cuando leyó el nombre. Pero no lo reconoció ante su hija.

—Parece que no aguantaron mucho tiempo viviendo aquí —fue todo lo que dijo Mercedes al ver las fechas.

—Todavía había guerra cuando se marcharon —comentó su hija—. La guerra no acabó hasta 1945. ¿Por qué se irían?

—A lo mejor no se fueron. A lo mejor los mataron los alemanes.

—No creo, mamá. Era un colaboracionista. Al que mataron los alemanes fue al doctor Carlsen. Debía de ser un buen hombre. Como Dubrowski, el de la foto —empezó a contar Valeria ante la mirada extrañada de su madre.

—Para, para, para un momento. ¿De qué estás hablando? ¿Quiénes son todos esos, Carlsen, Dubrowski...?

—Carlsen era el médico del pueblo en aquellos años. Pero creo que lo mataron. El farero no me quiso contar lo que le ocurrió. Se puso muy triste al hablar de él. Y todavía no sé qué le pasó al teniente Dubrowski, su foto está en el almacén. Era muy guapo y Erlend, el abuelo de William, lo conoció. Le entregó un mensaje y tenían que hacer señales desde el faro, y...

—Vale, Valeria. No puedo más con estas historias. Es muy novelesco todo esto que cuentas. Si quieres escribir un cuento sobre estas invenciones tuyas, me parece muy bien, pero no intentes que me lo trague como parte de la revelación de un fantasma. No.

Y salió de la sala. Subió todos los pisos hasta salir a la cúspide. Necesitaba aire. La bandera se movía y emitía un sonido electrizante. Se apoyó en la barandilla e intentó recapitular acerca de Valeria. ¿Qué demonios le pasaba? Desde sus terrores nocturnos infantiles y su hidrofobia ya superada, no había mostrado ningún síntoma de desequilibrio mental. Parecía una chica muy serena, más incluso que otros adolescentes que conocía. No comprendía lo que le pasaba. No podía ser que quisiera castigarla por haberla llevado de vacaciones a aquel lugar perdido en el mundo. Lo estaba pasando bien, más de lo que esperaba, había conocido a un chico guapo y encantador como William, y parecía contenta. No, su hija no quería fastidiarla, de eso podía estar segura. Así que no quedaban más que dos opciones, o estaba perdiendo la razón, o realmente estaba recibiendo misteriosas visitas nocturnas. Estaba sumida en estas reflexiones cuando un chirrido a sus espaldas la hizo girarse. Le pareció ver una sombra e inmediatamente se cerró la puerta de acceso al interior del faro. Se acercó y llevó su mano hasta la manivela para abrirla, pero no pudo. Se había cerrado por dentro, o se había atascado. Levantó la cabeza y miró al cielo que se había cubierto de nubarrones que no presagiaban nada bueno. La bandera se movía más y más deprisa y empezaba a hacer frío. Mercedes había dejado la chaqueta dentro y estornudó. Buscó su móvil en el bolsillo del pantalón pero no estaba allí. Tendría que esperar hasta que Valeria se diera cuenta de lo que había pasado. A no ser que hubiera sido ella la que la había encerrado. Pero no, eso no podía ser. Su hija nunca haría algo así. A no ser que estuviera poseída, llegó a pensar durante unos segundos. Pero no, eso era algo totalmente absurdo, además le había contado que Erlend Nilsen se mostraba siempre cariñoso y bueno. No les querría hacer daño a ninguna de las dos. Suspiró y reflexionó sobre cómo podía ser tan idiota de pensar esas tonterías de poseídos y de fantasmas. Quería gritar, pero hacerlo no tenía ningún sentido. Nadie la oiría. Se volvió a apoyar en la barandilla mientras empezaba a llover. En la costa, la casa blanca desaparecía envuelta en una niebla densa que llegaba desde el mar. Apenas veía nada y hacía mucho frío. Volvió a estornudar. La lluvia arreció, y la ropa y el pelo de Mercedes se empaparon en muy poco rato. De pronto, la puerta se abrió. Los ojos de Valeria brillaban al otro lado.

—Mamá, ¿qué haces ahí afuera con la que está cayendo?

—Se ha cerrado la puerta —acertó a decir, mientras entraba. No sabía qué más decir. Había pensado tantas cosas que no distinguía lo normal de lo que no lo era.

—Estás empapada, mamá. Cámbiate de ropa inmediatamente. Encenderé la estufa.

—Se ha cerrado la puerta. Se ha debido de atascar —balbució.

—Ha llamado Lars, que te estaba viendo con los prismáticos y ha pensado que había ocurrido algo.

—Se ha cerrado la puerta —repitió—. Alguien la ha cerrado con el pestillo mientras estaba fuera.

—No, mamá. No estaba cerrada con el pestillo. Se habrá atascado un momento. O no la habrás sabido abrir.

—Ya, ahora resulta que soy tonta —exclamó mientras se cambiaba de ropa, ya en su dormitorio—. A lo mejor ha sido tu fantasma el que me ha «encerrado» bajo la lluvia.

—No, mamá. Él nunca haría algo así.

—No, claro que no —dijo Mercedes, que seguía sin saber qué decir ni qué pensar.

—Te haré una taza de té —propuso Valeria.

—Sí, gracias. Pero coge un vaso normal. No me lo sirvas en ninguna taza de porcelana, por favor. Especialemente, no en la taza rota.

—De acuerdo, mamá. —Y salió a la cocina.

—Tor Jakobsen —exclamó su madre—. A lo mejor ha sido su fantasma.

Valeria se asomó desde la puerta para mirar a su madre. Se acercó y la abrazó muy fuerte. Tenía el pelo mojado y los ojos enrojecidos, a punto de echarse a llorar.

—No, mamá. Los fantasmas no existen.

TOR JAKOBSEN y LA CONSTRUCCIÓN DE LA RADIO

Tor era un hombre de treinta años que llevaba casado más de tres y no había tenido descendencia. Esta circunstancia lo llenaba de rabia contenida hacia su mujer, a la que consideraba incapaz de engendrar un hijo, y a la que trataba muy mal. Habían vivido los dos primeros años de su vida en común en una pequeña granja, hasta que los alemanes invadieron Noruega. Jakobsen simpatizaba desde tiempo atrás con las ideas de Hitler, y en cuanto llegaron los nazis a su pueblo se puso a su disposición. Acababa de quedar vacante el puesto de ayudante del farero en Fosen y lo solicitó. Pensó que desde una posición en aquel punto estratégico del mar podría colaborar con el ejército invasor. Pero el faro no entraba en los planes de los alemanes y se tuvo que conformar con ser el ayudante del farero, y convivir con su familia. Siempre que podía iba a tierra y hacía labores de emisario entre los soldados ocupantes. Por eso, Erlend lo había visto junto a los oficiales en el futuro campo de aviación. Y por eso, Erlend y su padre lo odiaban. Por eso, y por lo mal que trataba a la pobre Elen, a la que culpaba de todos sus fracasos en la vida. Sigrid, la madre de Erlend, y ella pasaban juntas algunos ratos de verano en la terraza del faro, y en el salón. Cosían, remendaban, leían y charlaban sobre su reducido mundo. La cara de Elen mostraba siempre un rastro de lágrimas. Sus ojos estaban permanentemente hinchados y circundados por manchas oscuras. No era feliz, pero no decía nada. Soportaba con resignación el comportamiento de su marido y callaba. Cuando Erlend y su hermana María se encontraban con ella en la escalera, se limitaban a saludarla cortesmente. Ella los miraba con nostalgia. Nunca tendría hijos y la presencia de los dos niños le dolía y le alegraba a partes iguales. A Tor nunca le decían nada. Se limitaban a odiarlo a distancia, y solo Mathias, el padre, hablaba con él porque no le quedaba otro remedio.

Cuando mencionaban a los nazis y a la ocupación, los componentes de la familia Nilsen lo hacían en voz muy baja, para que el ayudante Jakobsen no los pudiera oír. «Las paredes oyen», decía siempre Sigrid, a quien aquel hombre bajo, delgado y siniestro le daba miedo. El día en que Erlend llegó al faro contando el episodio del mensaje del joven teniente prisionero, a su madre se le cayó la cacerola al suelo. El estruendo fue tal que hasta su marido bajó desde la cabina a ver qué había sucedido. Su hijo le explicó las circunstancias en que había visitado la prisión y cómo el ruso le había hecho llegar aquel papel. Un papel que no lo tenía consigo porque lo había quemado en casa de su tío Gunnar.

—Menos mal, hijo. Si ese canalla de Tor te encuentra con ese mensaje, somos hombres muertos —le dijo su padre, mientras su madre se echaba a temblar, y María, que acababa de cumplir los doce años, empezaba a llorar en silencio.

—¿Qué vamos a hacer, papá? El tío ha dicho que entre tú y él podéis conseguir los materiales para fabricar la radio. Pero él apenas se puede mover y...

—Lo ayudará el doctor Carlsen —lo tranquilizó Mathias—. Aquí hay cosas, arriba, en el desván. Restos de viejas radios con las que se puede construir algo. Buscaremos cuando no esté Tor Jakobsen en el faro. Tiene que ir al pueblo mañana. Aprovecharemos su ausencia.

—¿Y su mujer? —preguntó Erlend.

—Por ella no te preocupes —intervino Sigrid—. La entretendré. Tengo que zurcir unos calcetines y le pediré hilos. Pasaré la mañana cerca de ella y la tendré «vigilada». Además, aunque os sorprendiera haciendo algo contra las ideas de su marido, no le diría nada. Al revés.

—¿Y si Jakobsen descubre que han desaparecido materiales del desván? Sospechará que algo os traéis entre manos —comentó intranquila María.

—No te preocupes, pequeña. No nos descubrirá —afirmó su padre, mientras acariciaba el pelo de su hija.

La noche estaba estrellada al otro lado de la ventana. Erlend miraba los puntos luminosos del cielo y las ráfagas que salían de la cabina del faro y que iluminaban el mar y la tierra. Allá lejos, en el puerto, seguramente un hombre miraba también a través de su ventana. Los iluminaban las mismas luces y los cubría la misma noche. Pero uno era libre y el otro ansiaba y soñaba la libertad. Erlend se sentó en la cama y se quitó las zapatillas. Hacía frío. Se metió bajo el edredón de plumas de oca que calentaba su cuerpo en las noches de invierno. Pensó en el soldado de la gorra y en el frío que estaría pasando. Él y los ciento noventa y cuatro prisioneros restantes. Se tapó la cabeza e intentó no pensar en ellos, ni en la radio, ni en el código morse, ni en todo lo que podía pasarle en los próximos días. Pronto sería Navidad y enseguida comenzarían los preparativos: mamá hacía siempre unas tartas exquisitas, y galletas. Papá, María y él irían hasta las colinas a cortar el árbol. Y seguro que recibía algún regalo. Al fin se durmió, y en sus sueños, su hermana bailaba con el soldado ruso alrededor del árbol navideño decorado con estrellas y con velas encendidas, mientras su tío Gunnar tocaba el piano.

A la mañana siguiente, todos los Nilsen se levantaron temprano. Enseguida vieron el bote de Tor haciéndose a la mar. Era el momento que esperaban. Mathias y su hijo subieron al desván y empezaron a buscar entre las cajas.

—Tu madre siempre dice que hay que tirar lo que está viejo. Pero yo soy partidario de guardar. Nunca se sabe en qué momento pueden servir las cosas que parecen inútiles. ¿Ves esto? Es un diodo de vacío. Creo que servirá. Y esto también.

—¿Qué es? —preguntó Erlend cuando su padre le enseñó una especie de alambre.

—Filamentos que generan electrones.

—¿Cómo sabes esas cosas?

—Las aprendí para trabajar aquí en el faro. Hay que conocer los nuevos inventos. ¡Quién sabe si este pequeño alambre retorcido nos puede ayudar a ganar la guerra! ¿Te lo imaginas?

Erlend sonrió ante la posibilidad de que aquel momento pudiera desviar el curso de una guerra.

—Bien, aquí no hay nada más que nos pueda servir —dijo su padre cuando terminaron de escudriñar todas las cajas—. Ahora dejaremos todo como estaba. Tenemos que procurar por todos los medios que ese tipejo no sospeche. De lo contrario, estaremos perdidos.

—Sí, papá.

—Irás a casa de tu tío y llevarás esto escondido. No podemos permitir que te lo encuentren.

—¿Dónde lo voy a esconder?

—Huele bien por ahí abajo —aspiró Mathias mientras bajaban la escalera. Hizo una señal a su hijo para que no dijera nada. Sigrid y Elen cosían en la biblioteca.

—Hay pan en el horno —dijo su mujer—. He amasado dos panes más para que le lleves a tu tío. El pobre —continuó dirigiéndose a la mujer del ayudante— se ha roto una pierna y no puede salir de casa.

Padre e hijo se miraron y en ambos se dibujó una sonrisa cómplice. El interior de los panes sería el escondite perfecto para los componentes de la radio.

POR LA TARDE, CON WILLIAM

—No mamá, los fantasmas no existen —le respondió Valeria a su madre, aunque ella estaba convencida de todo lo contrario.

Mercedes se tomó un té muy caliente y se sentó en la terraza a descansar. La lluvia había cesado y una brisa muy ligera le acariciaba la piel. Intentó ordenar sus pensamientos y consiguió encontrar explicaciones lógicas a casi todo lo que estaba pasando. Decidió aparcar fuera de su mente aquellas cosas para las que no tenía respuesta. Tal vez no todo tuviera un porqué en la vida. Abrió su libro y siguió leyendo. Las palabras la devolvían a los años de la Segunda Guerra Mundial, a barcos, a submarinos y a hombres que perdían sus vidas sin saber por qué.

Valeria llamó a William para quedar con él. Quería volver a hablarle sobre lo que estaba sucediendo: la presencia de su abuelo en los sueños, las informaciones que estaba recibiendo de él y que luego resultaban ser realidad.

—William, hola —dijo en cuanto escuchó su voz al otro lado del teléfono y del mar.

—Hola Valeria, ¿qué tal?

—Bien, todo bien. Bueno, no todo bien —titubeó—. Verás, quiero contarte algo.

William pensó que Valeria iba a confesarle que tenía algún novio. Era lo que siempre decían todas las chicas cuando empezaban una conversación con la terrible frasecita de «verás, quiero contarte algo».

—Tú dirás.

—Mejor quedamos y te lo cuento cuando nos veamos. No es para explicarlo por teléfono —dijo y William aún se quedó más convencido acerca del mensaje de su amiga.

—Bien, como quieras. ¿Te parece bien que vaya a eso de las cuatro, después de comer?

—Estupendo. Hasta luego.

Valeria cogió las acuarelas y salió a la terraza con su madre.

—¿Vas a pintar?

—Sí, un rato. William vendrá a las cuatro.

—Muy bien. ¿Qué vas a pintar?

—Pues creo que un sueño que tuve la otra noche.

Mercedes levantó los ojos del libro y arqueó las cejas mientras la miraba sin decir nada.

—No, mamá. No voy a pintar al farero. También tuve otro sueño que no te conté. Era un lugar muy hermoso, con palmeras, con una cascada que caía a una especie de lago. Una casita pequeña, sin paredes, abierta. En ella había una mujer que no tenía rostro. También estábamos William y yo, pero no nos voy a pintar. Solo el paisaje. A ver si me sale.

—Muy bien —dijo su madre volviendo a la lectura.

Mientras pintaba, Valeria pensaba en lo que ya le había mencionado antes a William, cuando todavía le parecía que todo podía ser una casualidad. Recapituló todo lo que ya había mencionado y lo que le iba a contar: que en su segunda noche en el faro, había soñado con su abuelo, que le había dicho su nombre, Erlend Nilsen, antes de que William lo mencionara al día siguiente. Que después, casi cada noche, había seguido viéndolo en un estado extraño, que no podía distinguir, a medio camino entre la vigilia y el sueño. Que se le había caído una taza que él mismo había arreglado, y que tanto su madre como ella habían visto intacta unas horas antes. Que le había contado que el agua venía de la lluvia, y que la entrada al pozo estaba en la despensa, justo debajo de la lámpara. Que le había dicho el nombre del ayudante de su padre, Tor Jakobsen, que resultaba ser el mismo que constaba en el libro de bitácora del faro. Que había llevado a cabo una misión para ayudar a los soldados rusos prisioneros. Que el médico, el doctor Carlsen, había muerto de alguna manera trágica. Que...

—¿Qué tal te está saliendo la acuarela? —le preguntó su madre, sacándola de su ensimismamiento.

—Voy muy lenta. Mira. —Le mostró el cuaderno. Solo había conseguido trazar una palmera—. ¿Te gusta?

—Está muy bien. Pero, ¿qué es eso?

—Mamá, está bien claro, es una palmera.

—Pues a mí me parece una planta de bambú, mira por donde. —Y continuó leyendo sin decir nada más.

Valeria contempló callada su dibujo una y otra vez. Sí, tal vez su madre tenía razón. Aquello más bien parecía bambú, del que comen los osos panda, pensó. Pero no estaba mal y no intentó rectificar. Estaba trazando el tejado de la cabaña cuando sonó su teléfono.

—Ah, hola William... Espera que se lo pregunto. Es William, dice su padre que si quieres ver el museo de la guerra.

Mercedes torció la boca de un lado a otro, miró a su hija con expresión interrogativa. La chica asintió con la cabeza, y entonces ella hizo lo mismo, parpadeando varias veces rápidamente.

—Mi madre dice que sí, que le apetece muchísimo.

Mercedes hizo un gesto con la mano. Tampoco había que exagerar. Ni le apetecía muchísimo, ni había que decirlo aunque fuera verdad...

—Muy bien, William, estupendo. Hasta luego. —Cerró la comunicación—. Mamá, dice que vendrán juntos. Tú y su padre os iréis al puerto, y William se quedará aquí conmigo.

—¿Tú y él, los dos solos? —preguntó.

—Sí, mamá. No se nos llevará ninguna corriente marina, no te preocupes.

—No estaba yo pensando en las corrientes marinas, precisamente Valeria. A ver lo que hacéis —le advirtió.

—Mamá —protestó la chica—. Que ya soy mayor.

—¿Ah, sí? —Mercedes se rascó la nariz mientras le preguntaba—. Bueno, de momento vamos a hacer la comida y a ponernos estupendas. Las dos tenemos una cita.

Los dos hombres llegaron a la hora establecida. Mercedes se había puesto una falda roja larga de volantes, y una camiseta del mismo color. Su hija le había dicho que estaba muy guapa. Valeria se había puesto los pantalones que se había cortado el día de la caída. Ya se había quitado la venda, y la cicatriz se secaba al aire. Una blusa blanca completaba su atavío y destacaba el color de su piel, que había adquirido un ligero tono bronceado. Cuando William y ella se quedaron solos en el faro, la chica le pidió que la acompañara hasta el tercer piso, donde estaba el salón. Se sentaron en el sofá, uno en cada esquina. Valeria había dejado el libro de bitácora sobre la mesa.

—¿Qué es eso que me quieres decir? —le preguntó. William había estado pensando durante horas, y estaba preparado para que ella le hablara del novio español que se había imaginado. Pero para lo que no estaba preparado era para lo que le contó.

—Como te dije, he estado soñando con tu abuelo prácticamente desde que llegué —le espetó.

—¿Con mi abuelo? Sí, ya me lo contaste. Esas cosas pasan, a veces soñamos con gente que no conocemos —repitió él.

—Tu abuelo —continuó Valeria muy seria— me ha estado contanto cosas que luego se han cumplido. Me habla de lo que pasó aquí durante la guerra, del pozo del que viene el agua del faro. Del doctor Carlsen, de los nazis, de los prisioneros rusos, especialmente de un tal Dubrowski. Y de Tor Jakobsen.

—¿Quién es Tor Jakobsen?

—El ayudante de tu bisabuelo. Mira. —Valeria cogió el libro y buscó la página—. Trabajó como ayudante en 1941. Vivió aquí con su mujer Elen.

—¿Y?

—¿Y? Tu abuelo me habló de él antes de descubrir este libro. Era un traidor.

—¿Quién, mi abuelo?

—No, no tu abuelo no. Él. Tor Jakobsen. Colaboraba con los nazis. Me lo ha dicho él.

—¿Quién? —William ya no sabía qué pensar.

—Tu abuelo. Me lo ha dicho tu abuelo.

—Mi abuelo está muerto. No anda por ahí apareciéndose a las visitas, ya te lo dije.

—Ya, tú tampoco me crees —dijo decepcionada Valeria—. Pues no estoy loca.

—No he dicho que estés loca. —William le cogió de la mano mientras lo decía. Ella la apartó.

—Te aseguro que él me ha contado un montón de cosas.

—Eso ocurre en los sueños. Pero no quiere decir que sean verdad.

—¿Ah no? ¿Y Tor Jakobsen? Su nombre está ahí escrito. Tú lo has visto. Y las fechas coinciden y yo no sabía nada del libro. Y el doctor Carlsen y Dubrowski.

—Oye, yo no sé nada de ningún doctor Carlsen. Y tampoco de ese ruso.

—Pues pregúntale a tu padre —ordenó Valeria, mientras se levantaba. Se encaminó hacia la terraza—. Seguro que él sabe quién era el doctor Carlsen y qué le pasó. Y si no, esperaremos a esta noche. Él, tu abuelo, me lo contará.

—¿Cómo estás tan segura de que va a venir? —preguntó curioso William, que también se levantó.

—No ha dejado de hacerlo desde la primera vez. Bueno, no —rectificó—. Una noche no soñé con él. Tuve otro sueño. —Y se ruborizó al mencionarlo.

Salieron a la terraza. El sol había bajado ya de su cénit hacía rato, y bajaba acercándose cada vez más y más a la línea del horizonte. Las olas se habían teñido de un color anaranjado.

—Ese es un color que nunca consigo con mis acuarelas —dijo.

—¿Te gusta pintar?

—Sí. Te enseñaré lo que estoy haciendo. Tiene que ver con el sueño en el que no estaba tu abuelo. —Volvió a entrar y enseguida regresó con su cuaderno de dibujo—. Mira. Yo quería dibujar una palmera, pero me ha salido algo parecido a un bambú. Resulta que en mi sueño también había bambúes. Y es raro porque nunca los he visto en la realidad.

—A veces soñamos con cosas que nunca han ocurrido. Y que no hemos vivido. Y que no hemos visto. —William estaba recordando su sueño de la noche anterior, lo que hizo que su corazón le palpitara un poco más deprisa que antes.

—Ya. También había esta casa sin paredes.

—Esta sí que te ha salido.

—Sí. Era más fácil.

—¿Y esta silueta? —preguntó él, mientras señalaba unas líneas que recordaban vagamente a un cuerpo humano.

—Había una mujer en mi sueño. Una mujer que no tenía rostro. Su cara estaba como difuminada. Era algo muy extraño. —Valeria cerró su cuaderno y lo dejó sobre una de las sillas. Se apoyó en la barandilla.

—En los sueños pueden ocurrir episodios muy extraños —volvió a afirmar William, sin decir que él también reconocía los escenarios con los que había soñado—. ¿Y no había nadie más en tu sueño?

—No, creo que no, al menos no lo recuerdo —pero Valeria mentía muy mal, y sus titubeos, junto al color rosado que habían adquirido sus mejillas, hicieron sospechar a William—. ¿Tú nunca has soñado con tu abuelo?

—No. No sé por qué, pero él nunca viene a mis sueños, ya te lo dije. Pero alguna de estas noches he soñado contigo.

William se acodó en la barandilla junto a ella. Sus antebrazos se tocaban y ambos sintieron un escalofrío al mismo tiempo. Valeria lo miró y apenas pudo esbozar una sonrisa.

—Espero que hayan sido sueños agradables —acertó a decir.

—Sí, muy agradables. —Y William se acercó más a ella.

El corazón de Valeria andaba muy deprisa y si no hubiera sido por el rumor de las olas, William habría escuchado sus latidos. Ambos sonrieron y el chico acercó su cara a la de Valeria. La besó muy levemente. Se miraron a los ojos sin dejar de besarse durante un rato. Era la primera vez que Valeria besaba a un chico, y no podía apartar la mirada de William. Sintió que le faltaba el aire y dio un paso atrás para sentarse. Tropezó con la silla, y el cuaderno de pintura que descansaba en ella salió por los aires y voló al otro lado de la barandilla. Lo vieron caer a los pies del faro, sobre las rocas que sufrían el envite de las olas una y otra vez.

William bajó las escaleras corriendo y se puso el chaleco que estaba en la entrada. Valeria lo siguió e hizo lo mismo. Salieron del faro. Las rocas le servían de marco estrecho.

El agua batía con fuerza. Los bambúes, la cabaña y la mujer sin rostro del cuaderno estaban a punto de ser engullidos por el océano. William dio unos pasos. Una ola mojó por completo sus zapatillas y el bajo de sus pantalones. El viento azotaba el faro y el rostro del muchacho.

—Déjalo, William, no merece la pena. Es peligroso —le dijo Valeria, que apenas podía hablar porque el aire le golpeaba la cara.

El chico se agachó, alargó la mano hacia el cuaderno y lo rescató. Estaba mojado y la acuarela con el paisaje del sueño de Valeria se había diluido en el agua salada. Apenas quedaba rastro del cuerpo de la mujer y de las hojas del bambú.

—Toma. Lo he conseguido.

—Gracias —balbució Valeria, avergonzada y con el pelo revuelto por el viento.

—Ven, voy a enseñarte algo muy especial.

A Valeria le extrañó la sugerencia. Allí no había nada. William la llevó hasta la cara norte del faro.

—¿Qué notas de especial en esta pared?

—¿Especial? No sé.

—¿Te has fijado en que el faro tiene una forma octogonal?

—Sí, claro. De eso nos dimos cuenta el primer día —respondió Valeria.

—¿Qué pasaba en la cara oeste, donde ha caído el cuaderno?

—No sé, nada especial.

De pronto, Valeria se quedó quieta y comprendió. En el lugar donde estaban no había viento. Podía hablar sin problemas, y su pelo estaba quieto. Era como si aquella pared estuviera resguardada de los avatares de Eolo.

—No hay viento —dijo al fin.

—Efectivamente, no hay viento. Ven conmigo.

William la tomó de la mano y dieron la vuelta al faro. En las siete caras restantes soplaba el viento de manera brutal. Pero en la octava, la que daba al norte, todo estaba en calma.

—¿Te has dado cuenta? Aquí no viene el aire.

—Pero no entiendo por qué —reclamó la chica—. El viento viene del norte. Y es justo en la cara norte donde no se siente. Debería ser al revés.

—Pues ya ves.

—¿Y por qué ocurre eso?

—No lo sé, pero es algo que tiene que ver con la forma del faro —dijo William—. Yo no lo sé todo. Pero hay una cosa que sí sé.

—¿Cuál? —preguntó Valeria.

—Que me gustas mucho. —El muchacho se acercó de nuevo a Valeria e intentó besarla.

Pero su chaleco salvavidas se encontró con el de su amiga y sus labios no llegaron hasta los de Valeria. Se echaron a reír mirando al suelo. Pero William no se resignó. Se quitó el salvavidas y lo dejó en el suelo. Tomó el cuello de Valeria entre sus manos y la acercó hacia él. La besó, y esta vez su beso fue largo, muy largo. Los dos cerraron los ojos y se dejaron mecer por el rumor del mar.

—¿Sabes? —dijo ella al fin—. Tu boca está salada.

—Y la tuya también. Es el aire marino. Siempre está salado.

—Me gusta —replicó Valeria.

Y se volvieron a besar y a abrazar tanto y tan intensamente como los dejó el chaleco del que la joven no se había despojado. Los besos salados de William eran maravillosos, pero el agua era el agua, y Valeria seguía sufriendo hidrofobia. Después de miles de besos, oyeron el motor del barco de Lars.

—¡Es mi madre! —dijo ella—. Será mejor que regresemos dentro.

—Sí, o mi padre me dirá que no te he cuidado bien. —William besó los párpados de Valeria—. Casi no tienes párpados —le dijo.

—No, los chinos no tenemos de eso.

—Eres preciosa. Como la estatuilla de la vitrina. Siempre me fascinó. Desde pequeño. Recuerdo la primera vez que la vi. Me la quedé mirando durante un montón de minutos. Y ahora te he besado a ti, que te pareces tanto a ella.

—Pero yo soy de carne y hueso —replicó Valeria— y ella no.

—Sí, eres de carne y hueso. Sobre todo de carne —dijo sonriendo.

Y volvió a besarla.

—¡Hola, hola! —gritó Lars todavía desde el mar.

—¡Mi padre! Vamos al muelle.

—Sí —asintió ella—. William...

—¿Qué?

—¿Quieres que le diga algo a tu abuelo si lo veo esta noche?

La pregunta de Valeria lo sorprendió.

—Dile que he conocido a una chica estupenda que me gusta mucho —le dijo apretándole la mano y mirándola intensamente a los ojos.

EL SEXTO SUEÑO DE VALERIA

Cuando se acostó, Valeria no podía dormirse. Las emociones vividas por primera vez no la dejaban descansar. El corazón le palpitaba muy deprisa y en los ojos de su mente se dibujaba una y otra vez el rostro de William. No le había contado nada a su madre pero Mercedes se había dado cuenta de que algo había ocurrido entre los jóvenes. Un brillo muy particular en los ojos de su hija decía más que cualquier conversación. Después de más de una hora en la cama, pensando en William y en sus besos con sabor a mar, consiguió dormirse. Enseguida recibió la visita de Erlend Nilsen. Sentado en la butaca, había sacado la pipa y la sostenía con su mano izquierda. Con la derecha le dio una palmadita a Valeria en el hombro.

—¡Eh, nena, que no te enteras! ¡Que llevo aquí ya un buen rato!

—¡Oh, señor Nilsen! —exclamó incorporándose de un salto—. No me había dado cuenta. Me parece que me acabo de dormir.

—Ya veo, ya. Debías de estar muy cansada. —El farero arqueó las cejas interrogativamente.

—Bueno —musitó ella—. Es que hoy ha sido un día muy intenso.

—No hace falta que me cuentes nada. En tu cara se pueden leer muchas cosas.

—¿De verdad? —preguntó sorprendida.

—Hoy te ha pasado algo que nunca antes te había ocurrido —afirmó—. ¿Me equivoco?

—No, señor —respondió nerviosa—. No se equivoca.

—No te voy a preguntar, no te preocupes. No me hace falta. —Apoyó la espalda en la butaca. Se le notaba más cansado que otras noches—. ¿Dónde nos habíamos quedado?

—¿Dónde nos habíamos quedado? —repitió ella, que no entendía a qué se refería.

—Te estaba contando la historia de Dubrowski, ¿no? ¿Por dónde íbamos?

—Lo último que me había dicho era que había entablado contacto con él.

Erlend le habló de cómo encontraron algunas piezas para fabricar una radio y de cómo las escondió en un pan que había hecho su madre.

—¿En un pan? —preguntó curiosa Valeria—. Nunca hubiera imaginado que un pan sirviera para esconder componentes de una radio.

—Ni tú ni nadie. Pero las guerras provocan que se despierte la imaginación.

—No hacen falta guerras para que la imaginación vuele. La mía está en constante movimiento, al menos eso dice mi madre.

—Escondimos las piezas en el pan y salí del faro —continuó—, aprovechando que el traidor de Tor estaba en tierra. Cuando llegué al puerto, no estaban los prisioneros. Saqué la bicicleta de la lancha y me monté. Saludé a los dos soldados de guardia, como siempre hacía. Aquella mañana me pararon y me preguntaron que a dónde iba. Les conté lo de la pierna rota de mi tío, que tenía que cuidarlo, y que le llevaba pan recién hecho. Me pidieron un trozo. Ellos también tenían hambre. No tanto como los prisioneros, pero no puede decirse que vivieran bien.

—Yo creo que en una guerra nadie vive bien —interrumpió Valeria.

—Te equivocas. Había gente que disfrutaba con la ocupación alemana. Algunos hicieron negocios con ellos. Y otros comieron más y mejor que nunca. El doctor Carslen los odiaba por muchas razones. Iba una vez al mes a la ciudad, ¿sabes? su madre vivía allí y sabía lo que pasaba. Mientras la mayoría de la población pasaba hambre, los oficiales celebraban banquetes y bailes en el Gran Hotel. Mujeres preciosas con trajes carísimos pagados por los nazis bailaban a la luz de las velas, mientras otras eran metidas en trenes que iban a parar a los campos de exterminio en Alemania, en Polonia... Pero esa es otra historia. Sigamos con Dubrowski.

—Nos habíamos quedado en que los soldados nazis le pidieron pan —le recordó Valeria.

—Eso es, cierto. Los soldados alemanes me pidieron pan. Era algo que mi padre había previsto, así que llevaba dos panes, uno con los componentes, y otro vacío, el más pequeño. Les dije que no podía darles nada, que no eran para mí, pero ellos insistieron, con la mano muy cerca del gatillo de su fusil, así que partí un trozo del pan pequeño y se lo entregué. Se lo repartieron entre los dos y me dejaron pasar. Pedaleé lo más deprisa que pude para alejarme del peligro y enseguida llegué. Sudé más que nunca a pesar del frío que hacía. El cielo estaba despejado y la temperatura era bajísima. La bufanda se había helado con mi vaho y el suelo estaba muy resbaladizo. Había que tener mucho cuidado de no caer. Cuando entré en casa de mi tío, escuché su voz y otra que también me era familiar. El doctor Carlsen estaba con él en la cocina. Le había contado toda la historia y quería participar en la misión. La mesa estaba llena de cachivaches parecidos a los que habíamos encontrado en el desván. Rompí el pan para escándalo de ambos y saqué lo que llevaba escondido. Carlsen sonrió en cuanto vio los filamentos y el diodo de vacío. «Ahora tenemos todo», dijo y me abrazó. «Haremos la radio». La idea primera, Valeria, era dársela al teniente ruso. Pero hacérsela llegar iba a ser imposible. Los alemanes la habrían descubierto enseguida. Verás, las radios de entonces no eran como las de ahora, que las lleváis en un bolsillo y nadie las ve. Antes eran mamotretos enormes. Así que mi tío y el médico decidieron que seríamos nosotros quienes emitiríamos a través de esa radio los mensajes que el teniente Dubrowski pidiera.

—Y claro, el intermediario tenía que ser usted —intervino Valeria.

—Efectivamente, yo debía comunicarme con él para decirle que la radio la tendríamos nosotros y que emitiriámos lo que él nos dijese. Pero había un problema.

—¿Solo uno? —preguntó Valeria, que aquello le parecía misión imposible.

—Había uno sí, pero muy grande. ¿Cómo acercarme a Dubrowski? Necesitaba una excusa para volver a la prisión y al campo de trabajo.

—Se me ocurre una —dijo la chica.

—¿Cuál?

—Las fotografías. Los nazis eran muy vanidosos, ¿no? Querían pruebas de todo lo que hacían. Podía decirles que habían conseguido unas copias de mayor calidad que las que había entregado y que si las querían, volvería al día siguiente con ellas. Así tendría ocasión de ver al ruso al menos un par de veces.

—La verdad es que barajamos esa posibilidad, pero el destino nos puso una oportunidad maravillosa e inesperada en nuestro camino. No tuvimos que ir a ellos. Fueron ellos los que vinieron a nosotros.

—¿Cómo? ¿Qué pasó?

—Tú misma has dicho la palabra clave. Eran unos «vanidosos». Quisieron más fotos, esta vez de los trabajos que se llevaban a cabo para construir el campo de aviación. Esa misma mañana, con todas las piezas para fabricar la radio sobre la mesa, llamaron a la puerta. No sabíamos quién era, pero en tiempos de guerra todas las precauciones son pocas. El doctor y yo recogimos todo en el armario de la cocina, mi tío fue dando saltos hasta el salón, y ambos se sentaron ante sendas tazas vacías de café. Yo salí a abrir.

Valeria tragó saliva antes de seguir escuchando. Se imaginaba la tensión de aquel momento y le entraban ganas de salir corriendo. El corazón se le aceleró.

—Salí a abrir —continuó el farero—, y me encontré con dos hombres vestidos con uniformes grises y con cruces negras en el cuello. Me quedé blanco, lívido. La sangre se me debió de paralizar en todo el cuerpo. Me subió un sudor frío que me dejó sin habla durante unos segundos. «¿No nos invitas a pasar, muchacho? Queremos ver a tu tío», dijo el comandante Schroeder. Sin abrir la boca, les franqueé la entrada y pasaron hasta el salón. El doctor se levantó y mi tío se quedó donde estaba. «Perdonen que no me levante —dijo— es que me caí y tengo la pierna rota». El comandante recordaba el episodio y no mencionó nada al respecto. Se colocó delante de mi tío Gunnar y sin mirar siquiera al doctor le espetó: «Necesitamos que alguien haga fotografías del trabajo que estamos llevando a cabo». Mi tío sc miró la pierna en silencio y movió la cabeza de un lado a otro. «Ya sabemos que usted no va a poder —continuó el oficial en jefe—, pero no hay nadie más que tenga cámara y que sepa manejarla. Enséñele a su sobrino —me miró con cierta simpatía—. El chico parece espabilado. Él hará las fotos. Lo esperamos mañana a las once en la entrada de la prisión. Que tengan un buen día, señores». Hizo el saludo marcial y se retiraron los dos hombres. Los acompañé a la puerta y se marcharon sin decir nada más y sin volver a mirarme. Aún no sé cómo no vieron el broche con la efigie de nuestro rey que llevaba el doctor en su solapa.

—¡Qué buena suerte! ¿No? —exclamó Valeria.

—Sí, la verdad es que fue una suerte inesperada. No hacía ya ninguna falta buscar excusas. Nos lo habían puesto en bandeja. En algún momento me acercaría a Dubrowski para hacerle fotos y podría hablar con él. Le diría lo de la radio. Y además, le contaría que cada vez que recibiéramos un mensaje de los suyos, también habría señales en morse desde el faro. Así él estaría enterado en todo momento de lo que pasaba.

—¿Y así fue como ocurrió? —preguntó interesada Valeria.

—Sí, así fue. Mi tío y el doctor pasaron la tarde montando la radio. Yo asistí callado a cada momento. Después de muchas horas de cambiar piezas, de limar asperezas, y de que todo encajara, la hicieron funcionar. Los filamentos vibraban y eso quería decir que funcionaba. Era peligroso emitir desde allí, estábamos demasiado cerca de la base alemana, y sus radio operadores podrían captar nuestra señal. Decidimos que lo haríamos desde una cabaña que tenía el doctor junto a un lago cercano. Un lugar solitario donde sería casi imposible descubrir la radio.

—¿Casi?

—Casi. Eso he dicho. —El rostro de Erlend adquirió un tono sombrío—. El caso es que, como te decía, a la mañana siguiente estaba allí, con la cámara. No era muy bueno haciendo fotos, pero algo había aprendido al acompañar al tío Gunnar en su trabajo. Enseguida vi a Dubrowski en la fila del desayuno. No paró de mirarme ni un segundo. Tenía que hablar con él. Busqué al comandante. Estaba en su despacho, delante de un plato de huevos revueltos con mantequilla y salmón. «El salmón es lo mejor que tenéis los noruegos», dijo con la boca llena y sin dejar de masticar. Yo le deseé que tuviera buen apetito, me armé de valor y le hice una petición: «Señor, mi tío me ha dado un consejo. Dice que para hacer buenas fotos, especialmente buenos retratos, hay que entablar un contacto afectivo con los retratados. Así se comportan de manera más natural ante la cámara. Si el fotógrafo se hace amigo de los retratados, las fotos resultan más realistas, tienen más fuerza y son mejores. Al menos eso es lo que dice mi tío». El comandante seguía con el salmón que alternaba con una taza caliente de té y con una copa de aguardiente. «Tienes razón, muchacho. Habla con esos hombres, gánate su confianza. Quiero que les hagas las mejores fotografías del Tercer Reich». La vanidad, Valeria, puede hacer perder una guerra. Le di las gracias y salí. El joven teniente ruso estaba sentado en el mismo banco de siempre, y junto a su compañero de siempre comía su escaso y triste desayuno.

—¿Se hicieron amigos el teniente y usted? —inquirió Valeria, que sentía una extraña simpatía por aquel soldado del que solo conocía su nombre y su rostro.

—Creo que podría decir que sí.

—¿Y qué pasó después? ¿Lograron emitir sus mensajes?

—Eso, mi querida niña, te lo contaré en otro momento. Los recuerdos de aquellos días me fatigan. He de irme.

—Pero, señor —le pidió la muchacha—. Los fantasmas no se cansan nunca.

—¡Qué sabrás tú de los fantasmas! Los muertos gozamos de un cansancio crónico. Descansa tú que puedes.

—Pero... —protestó—. No me deje con la intriga. No es justo.

—Tendrás que esperar, al menos, hasta mañana.

Y Erlend Nilsen salió por la puerta de la habitación sin decir nada más. Valeria metió la cabeza bajo el edredón. No podía dejar de pensar en el rostro del teniente Dubrowski. Había olvidado por completo mencionar el mensaje de William.

MERCEDES Y LARS CUENTAN SU VISITA AL PUERTO

Valeria durmió hasta tarde y su madre no la despertó. Mercedes tenía también muchas cosas en la cabeza desde el día anterior y había dormido a ratos. Lars y ella habían estado en el viejo almacén convertido en museo, y sus sensaciones habían sido parecidas a las de su hija: una mezcla de asombro, de dolor, de náusea, de indignación, de solidaridad, de sufrimiento. Sí, aquel lugar era frío, inhóspito, desagradable. Había visto las fotos de aquellos prisioneros y le habían entrado ganas de llorar. Siempre se había preguntado cómo el ser humano es capaz de crear el horror más oscuro, cuando también es capaz de crear algo tan hermoso como la música y la pintura. La belleza, la bondad, el arte, la crueldad, la maldad: de todo ello somos capaces las personas. Mercedes se preguntaba el porqué. Y a esa reflexión había dedicado muchas horas de estudio y de trabajo. Y allí estaba ahora, en un lugar en el que unos hombres habían creado muerte y miseria para otros hombres.

—Buenos días mamá, ¿qué tal fue ayer? No me constaste nada anoche —la voz tan dulce de Valeria, aún medio adormecida, la sacó de sus pensamientos.

—Hola, hija. —La chica se acercó y le dio un beso—. Interesante. Interesante y terrible ese museo de la guerra.

—No me refería a eso, mamá. Te preguntaba por Lars. ¿Qué tal con él?

—Lars es un hombre muy amable, Valeria, sin más. Como te decía, me quedé muy impresionada, todas esas fotografías de los rusos en la prisión, en el campo de trabajo. Fue casi como ponerles cara a los personajes de la novela que estoy leyendo.

—¿La novela trata de prisioneros rusos? —preguntó curiosa Valeria.

—La novela trata de muchas cosas. Algunos personajes son prisioneros rusos, sí. Pero no estábamos hablando de literatura. Estábamos hablando de la realidad: en esas fotografías del museo hay personas, no personajes de novela.

—Las hicieron el tío y el abuelo de William, antes de ser farero.

—¿Cómo dices?

—Que algunas las hizo Erlend Nilsen porque su tío, el fotógrafo, se había roto una pierna. Él fue a hacer las fotos y así pudo hablar con los prisioneros, sobre todo con uno que se llamaba teniente Nikolaj Dubrowski, el de la gorra.

—¿Y tú cómo sabes esas cosas? Lars no me ha contado nada de eso. ¿Te lo ha dicho William?

—Sí —mintió Valeria, que no tenía ganas de otra escenita como la del día anterior—. Bueno, mamá, ¿qué hacemos hoy?

—¿No has quedado con William? Ayer os noté..., no sé..., muy felices.

—Sí, lo pasamos muy bien.

—Ya —dijo su madre—. ¿Os vais a ver hoy también?

—A lo mejor. Quedamos en que nos llamaríamos por la mañana.

—Muy bien. Yo voy a leer un rato después de desayunar. Estoy a punto de terminar ya esa novela que me tiene tan absorta.

—Debe de ser muy interesante.

—Sí lo es. También hay un faro en la costa noruega durante la Segunda Guerra Mundial.

—¡Ah! —exclamó Valeria, sorprendida—. ¡Qué oportuno!

—Sí. Un faro, prisioneros rusos... Qué casualidad. Seguramente en estas costas ocurrieron muchos episodios terribles en aquellos años. ¿Y tú, qué vas a hacer? —preguntó Mercedes, que quería cambiar de tema.

—Voy a intentar terminar mi acuarela.

—¿La de la palmera que parece bambú?

—Sí, esa misma. Ayer se cayó el cuaderno ahí abajo, a las rocas. William lo salvó.

—¿Por eso estabais fuera?

—Sí. Se mojó un poco. Solo quedaron algunas líneas y colores diluidos.

Mercedes se levantó y abrazó a su hija. Sí, pensó, el ser humano es capaz de realizar cosas muy hermosas, y su hija era un ejemplo. En la casa blanca, padre e hijo hablaban de las dos mujeres.

—La madre de Valeria es una mujer interesante, William, pero no puedo pretender tener una historia con ella. Se va a ir dentro de unos días. Además, no estoy preparado para volver a enamorarme. El recuerdo de tu madre está todavía muy presente aquí dentro. —Y se llevó la mano primero al pecho y luego a la cabeza.

—Mamá no va a volver —dijo William, en una de esas frases que se dicen automáticamente, pero que nacen de un intenso dolor.

—No hace falta que me lo recuerdes, muchacho. Cambiemos de tema, si no te importa. ¿Qué tal Valeria? Parece encantadora.

—¿A eso lo llamas tú cambiar de tema?

Lars inclinó la cabeza y sonrió. Se había dado cuenta de lo mucho que le gustaba la chica a su hijo.

—¿Ha pasado algo de lo que no me he enterado? —preguntó.

William enrojeció. No solía hablar de sus conquistas con su padre, pero Valeria no era como las demás chicas que le habían gustado. Ella era diferente: tenía el punto de inocencia de quien mira el mundo por primera vez. Se emocionaba con sus besos, con el vaivén de las olas del mar, con la luz del sol cuando se ponía más allá del mundo, cuando hablaba de la presencia del viejo farero en sus sueños... Sí, Valeria era diferente, y no precisamente por la forma de sus ojos.

—Es una chica muy especial, papá.

—Y te has enamorado de ella hasta los tuétanos. ¿Me equivoco?

—Me gusta mucho. —Y William se levantó con los platos del desayuno en la mano. Fue a la fregadera y abrió el grifo—. Ayer nos besamos..., un poco —musitó sin atreverse a mirar la cara de su padre, mientras el agua corría hacia el desagüe.

—¡Ah! —exclamó Lars—. ¿Y?

—Dijo que mis besos estaban salados. La brisa del mar, ya sabes...

—Eso mismo me decía siempre tu madre.

Lars se levantó y abrazó a su hijo. Luego cerró el grifo y la casa volvió a quedar en silencio. Y es que el amor es capaz de provocar esos silencios que hacen posible que exista la música.

ERLEND ENTABLA DE NUEVO CONTACTO CON NIKOLAJ

Erlend se sentó junto a los prisioneros mientras desayunaban. Nikolaj no le quitaba la vista de encima. Para disimular, no se dirigió a él en primer lugar. Se acercó a otro grupo que comía en un extremo del patio. Sacó un trozo de pan de su mochila y se puso a comer con ellos. Los prisioneros lo miraban sin saber quién era y qué hacía allí. Les sonrió pero no sabía su lengua. Les dijo en noruego que les iba a hacer unas fotografías mientras trabajaban, y que sentía que estuvieran pasando tanto frío en aquel invierno tan duro. Pero nadie lo entendió. Les ofreció el resto de su pan, que ellos agradecieron con un «gracias» en ruso. Se levantó y se dirigió a donde estaban Feodor Pawlov y el teniente. Justo cuando llegó a su lado, escuchó una voz en alemán que les ordenaba formar. El joven Nilsen se retiró y se colocó de pie al lado de un grupo de guardianes. No sabía a dónde mirar. Estar tan cerca de aquellos hombres armados le ponía los pelos de punta. Se le acercó el comandante y le habló al oído. Erlend notó el olor a salmón seco y a aguardiente en su boca.

—¿Qué tal, joven?, ya te he visto «charlar» con ellos. Me parece que te va a ser difícil hacerte su amigo. No entienden tu lengua.

Erlend se limitó a sonreír y a no decir nada. Su padre le había dicho siempre que era mejor callar cuando no se tenía claro que es lo que había que decir en un momento dado. Y era evidente que aquel era uno de esos momentos. El comandante le hizo una seña con la mano para que lo acompañara. Iría con él en el coche. Una cosa era que hablara con los prisioneros, pero otra cosa es que pasara demasiado tiempo con ellos. El joven subió al vehículo. El conductor tardó en ponerlo en marcha. La baja temperatura de la noche había helado el depósito de agua. Tuvo que ponerle alcohol para derretirlo. Por fin salieron, antes que los camiones con los prisioneros. Cuando llegaron al campo, Erlend observó los progresos que se habían hecho. El terreno estaba ya casi allanado y enseguida aquello se convertiría en un aeropuerto, por el que podrían ir y venir los aviones enemigos. El muchacho sintió una punzada en el estómago y un gran dolor en el alma.

—Quiero que fotografíes el terreno antes de que lleguen los trabajadores. Y luego cuando estén ellos. Y recuerda, quiero buenas fotos.

—Haré lo que pueda, señor. No soy tan bueno como mi tío, pero haré lo que pueda.

—Seguro que sí. Quiero ofrecerle al Fürher las mejores fotos. Y por supuesto, la mejor pista de aviación de combate. Ya vienen los camiones. Tienes vía libre, jovencito. Haz tu trabajo y consigue que yo esté orgulloso de ti, y que Hitler lo esté de mi misión.

Erlend montó la cámara y la situó allí donde los rusos habían trabajado los días anteriores. Tomó unas cuantas fotos, pero había muy poca luz. El sol del invierno ártico empezaba a aparecer muy tímidamente. Habría que esperar todavía un rato para tomar las fotografías.

Enseguida llegaron los camiones y Erlend observó cómo bajaban los jóvenes soldados prisioneros. Localizó a Dubrowski, que sonrió levemente cuando lo vio. Se dirigieron a un pequeño almacén cuyas puertas vigilaban dos guardianes armados. Entraron en fila, y salieron con una pala cada uno. Se acercó a los hombres cuando ya estuvieron en la zona donde trabajaban. Feodor tosía y tenía muy mala cara. A su lado, Nikolaj se quitaba los guantes y se los entregaba a su compañero.

—Buenos días —les dijo Erlend cuando se acercó hasta ellos—. Me han encomendado la misión de hacer fotografías de los trabajos.

—Mi amigo Feodor es de confianza —le dijo Dubrowski, en su perfecto noruego, mirando a un lado y a otro—. Pero ten cuidado con los demás. Será mejor que nadie más sepa lo que nos traemos entre manos. ¿Has conseguido la radio? —le dijo mientras se agachaba a retirar unas piedras con sus manos descubiertas. Unas manos finas no acostumbradas a trabajos duros.

—Sí, señor. La radio ya está hecha. Pero no la he traído. Es demasiado grande. Emitiremos nosotros los mensajes que usted nos diga y a la frecuencia que nos pida.

—¿Y desde dónde pensáis hacerlo?

—Hay un lugar seguro y secreto —dijo, la cabaña de Carlsen junto al lago siempre había sido un lugar de paz.

—No hay sitios seguros y secretos en una guerra. Pero no me queda otro remedio que confiar en ti. Y ahora disimula, viene un oficial. —Dubrowski fingió una leve carcajada y le dio una palmada en la espalda al muchacho.

Efectivamente, uno de los oficiales se acercaba al grupo.

—Muchacho, no hables tanto con los hombres. Tienen que trabajar. Y no les hagas reír. La risa hace perder fuerzas.

—El comandante me ha dado permiso, señor. Mi tío dice que es mejor entablar relación con aquellas personas a las que vamos a retratar. Así las fotos son más naturales. Ya verá, señor, voy a hacer las mejores fotografías que se hayan visto nunca en Berlín.

—De acuerdo —concedió el soldado—. Pero no habléis tanto. Y tú, deja de toser y trabaja.

—Sí, señor —balbució apenas Pawlov, que se alejó del teniente y de Erlend.

El oficial se dirigió a otro grupo de prisioneros para darles órdenes y los volvió a dejar solos.

—¿Cómo habéis pensado hacerlo?

—Usted me dará las órdenes y nosotros emitiremos. Cuando recibamos los mensajes, le haremos señales en morse desde el faro y así estára informado. Yo podré venir un par de días más. Pondré una excusa para regresar a tomar fotografías y así usted me podrá dar al menos un par de mensajes más. ¿Le parece bien?

—No puedo hacer otra cosa. Pero sí, me parece bien —dijo mirando al suelo—. Como te he dicho no me queda otro remedio que fiarme de ti y de los tuyos. ¿Quiénes te ayudarán? ¿Emitiréis desde el faro?

—No, desde el faro es muy peligroso. El ayudante de mi padre es Tor Jakobsen, un traidor que trabaja de enlace con los alemanes.

—¿Y las señales en morse con las luces? Si él os descubre...

—Lo tendremos entretenido. Emitiremos cuando no esté de servicio y lo tengamos todo bajo control.

—Si yo veo las señales, todos las podrán ver, incluidos los alemanes. No sé si me parece una buena idea.

—Usted dijo que miraba el faro cada noche. Eso nos dio la idea. Pensamos que era una sugerencia para emitir en morse.

—Y lo era, pero ahora ya no estoy tan seguro.

—Solo usted va a saber que estaremos mandando señales. Nadie más se fijará. Convendremos una hora, por ejemplo las diez y diez de la noche. Usted será el único que esperará las señales y distinguirá los cambios en la intensidad de las luces, los demás no se darán cuenta.

—Bien, tal vez tengas razón. Pero no me has contestado a la otra pregunta. ¿Quiénes te van a ayudar en esta misión?

—Mi padre, mi tío y el médico del pueblo. Haremos cualquier cosa para precipitar el fracaso de la misión de los alemanes.

—Ponéis en riesgo vuestras vidas.

—Lo sabemos, señor.

—Eres un valiente, muchacho. Aún no me has dicho tu nombre.

—Me llamo Erlend, señor, Erlend Nilsen.

—Yo soy el teniente Nikolaj Dubrowski. Y te juro que intentaremos ganar esta guerra y acabar con toda esta locura.

—Dígame el contenido del primer mensaje, señor, y la frecuencia a la que debemos emitir.

—El mensaje va a ser muy corto, para evitar que localicen la radio. Cuidado, Erlend, nos está observando un soldado. Coloca la cámara en el trípode y empieza a enfocar. Y luego intenta pasar el mismo tiempo con otros soldados, para que nadie sospeche.

—Sí, señor.

—El mensaje es nuestra posición en coordenadas. Tu padre las conocerá bien. Y después: ciento noventa y cinco prisioneros rusos.

—¿Son tantos?

—Sí muchacho, un barco entero. Posición —repitió Dubrowski—, CIENTO NOVENTA Y CINCO PRISIONEROS RUSOS, CONSTRUCCIÓN PISTA AVIACIÓN, TOREADOR

—¿Toreador? —preguntó extrañado.

—Es mi sobrenombre en el servicio de inteligencia ruso.

—De acuerdo. ¿Eso es todo?

—¿Te parece poco? Ahí puede estar una de las claves para ganar esta maldita guerra.

—¿Y la frecuencia?

—16-4 MHz, ¿te acordarás? No lo he escrito en ningún papel. Sería muy peligroso si te pillaran con él.

—16-4 MHz. Es fácil. No lo olvidaré.

—Muy bien. Y ahora haz una fotografía y márchate.

—Mire por la ventana mañana por la noche a las diez y diez.

—¿Por qué no esta noche?

—La radio no va a estar en el pueblo, señor. La esconderemos en un lugar alejado. Necesitamos tiempo para ir, venir y no levantar sospechas. Además, esta noche está de servicio en el faro el ayudante Jakobsen. Mañana.

—De acuerdo, Erlend. Y ten mucho cuidado. La vida de muchas personas está en tus manos.

—Sí, señor.

El joven se dio cuenta de que se acercaba alguien por detrás. Apretó el botón de la cámara y en ella se quedó la imagen de Nikolaj Dubrowski con una pala en la mano desnuda, y con la bufanda blanca a causa de su helada respiración.

VALERIA ESPERA A WILLIAM

Valeria estuvo pintando toda la mañana. Volvió sobre las pinceladas que habían quedado diluidas en el agua del mar. La palmera se parecía más y más al bambú, y la cabaña junto a la cascada era ya un fiel reflejo de la que había visto en el sueño. La silueta de la mujer, frágil y delicada, parecía mecerse por la misma brisa que movía las cañas del bambú. El rostro permanecía vacío. De pronto, sonó el teléfono.

—Hola, William, ¿qué tal?... Sí, claro. Será estupendo, cuando quieras... Vale, a las cuatro, como ayer... Sí, un beso. Hasta luego. —Valeria dejó el teléfono en el suelo, mientras su madre salía a la terraza con dos vasos de zumo de naranja en las manos.

—Te he oído hablar.

—Me ha llamado William.

—Ah, por un momento he pensado que estabas hablando con el fantasma —dijo Mercedes bromeando.

—No viene nunca de día, mamá. Solo durante mis sueños. Y últimamente ha dejado de acudir —le mintió Valeria a su madre.

—Mejor así. A ver, déjame ver lo que has pintado. —Cogió el cuaderno y contempló el paisaje a la luz del sol—. Está muy bien. Un paisaje... muy chino.

—¿Tú crees? —preguntó Valeria emocionada al oír hablar de su país de origen.

—Parece uno de esos paisajes que hay en las viejas pinturas chinas. Incluso el trazo de tus pinceladas es similar al de los antiguos artistas de las ciudades imperiales. A lo mejor hay algo en tus genes que te emparenta con ellos. ¿Y esta mujer? Sigue sin tener cara.

—Es que no consigo verla. En el sueño tampoco la tenía —le explicó su hija.

—¿Y William? —inquirió Mercedes para cambiar de tema.

—Bien, me vendrá a buscar esta tarde. Dice que quiere enseñarme algo.

—Ese chico siempre quiere enseñarte algo. En fin, espero que cuide de ti. Tú eres más joven que él.

—Solo tiene dos años más que yo —replicó Valeria, que ya sentía suficientemente mayor.

Valeria bajó a la cocina para preparar la comida, pasta rellena con salsa de tomate y cebolla. Mientras la hacía, fue recordando todo lo que estaba pasando durante aquellos días con William, y durante las noches con Erlend. Era como si tuviera dos vidas: una diurna y otra nocturna. Y las dos parecían tan reales que no era capaz de decidir cuál de las dos pertenecía a la esfera de la ficción. Le parecía tan raro que un chico como William la hubiera besado, como que cada noche hablara con el fantasma de un viejo farero que le contaba un episodio de la Segunda Guerra Mundial. Nunca se habría atrevido a soñar ni una cosa ni la otra. En cambio, las imágenes que su memoria guardaba de ambas no diferían lo más mínimo. Todo lo veía igual de nítido, de claro. Incluso era capaz de ver las escenas en que Dubrowski hablaba con Erlend. Así como la escena en que el tío Gunnar y el doctor Carlsen fabricaban la radio secreta. Lo real, lo soñado y lo imaginado se guardaban en el mismo cajón de su memoria.

—Huele bien. —Mercedes se quedó parada en el umbral de la cocina—. Eres buena cocinera. No sé a quién habrás salido. A mí no, ya sabes que estas cosas no se me dan nada bien.

—Tal vez mi madre biológica era buena cocinera. Habré salido a ella.

Mercedes sintió una punzada en el estómago. Le parecía natural y a la vez le dolía que su hija nombrara a la desconocida mujer de la que había nacido.

—Eso será. ¿Qué ropa te vas a poner esta tarde? —Mercedes era una maestra en el arte de cambiar de tema.

—No lo sé todavía, pero creo que el pantalón que me corté el otro día. Me queda bien.

—Sí, una pena que se rompiera. Claro que así puedes enseñar las rodillas y no pasarás calor. Pero llévate una chaqueta, esta noche hará fresco.

Comieron y enseguida se escuchó el motor del barco que se acercaba. Valeria miró por la ventana. El viento revolvía el pelo de William y el sol lo hacía brillar. La chica sonrió. Realmente, era un chico atractivo a pesar del tatuaje del faro.

—Mamá, me bajo. Ya viene William.

—Vale. Tened cuidado. Ya me contarás qué es eso que te va a enseñar.

—De acuerdo, mamá, que pases buena tarde.

Mercedes subió a la biblioteca y se sentó en el sofá. Abrió el libro pero enseguida lo cerró. Sus ojos se habían humedecido. Le pasaba cada vez que Valeria hablaba de su madre real, aquella a la que no había conocido, pero que tal vez estuviera viva en algún lugar de China. Era un sentimiento irracional, pero no lo podía evitar. Pasó unos minutos escuchando el motor de la embarcación, que William no había parado mientras la chica se subía. Cuando por fin, el sonido desapareció en la lejanía, Mercedes regresó a la lectura de la novela. Una novela en que se daban la mano espías nazis, prisioneros venidos de más allá del mar, radios secretas y escondites misteriosos. Las caras de las fotografías, los nombres de los prisioneros muertos, sus diarios... Todo lo que había visto en el almacén se mezclaba con las palabras que un escritor desconocido había convertido en la historia que estaba leyendo. Sintió que se mareaba, tragó saliva y respiró profundamente. Volvió a cerrar el libro, bajó a la cocina y se preparó un té. Cogió la taza restaurada, la miró, y la volvió a dejar en el armario. Tomó un vaso transparente y vertió el té en él.

EL LUGAR SECRETO

William había metido dos bicicletas en el barco. Cuando Valeria las vio, lo interrogó con la mirada.

—Nos vamos de excursión. Voy a enseñarte un lugar muy especial.

—¿De qué se trata?

—Es una sorpresa. Pero estoy seguro de que te va a gustar.

Al llegar a tierra, montaron en las bicis. Valeria miró el viejo almacén con una mezcla de curiosidad, dolor y angustia. Recordó a Erlend, que también iba en bicicleta en tiempos de los nazis y de los rusos. Pasaron junto a la casa blanca. Iban hacia las montañas. Atravesaron un bosque de pinos y abedules. De pronto, William se paró, y le hizo una señal a Valeria para que lo imitara y no hiciera ningún ruido. Un animal enorme pasó delante de ellos y cruzó la carretera. Un animal que Valeria solo había visto en las señales de tráfico el día en que llegaron, pero cuyo sabor había degustado.

—Mira un alce. ¿Has visto qué cornamenta tan magnífica?

—¿Eso quiere decir que ya es viejo?

—Tiene unos cuantos años, sí. No es un jovencito.

—Es precioso. Ahora me da pena haber comido alce el otro día.

—Tonterías —dijo William y siguió pedaleando.

Dejaron la carretera, y entraron en un camino bastante pedregoso. Valeria iba con mucho cuidado porque le daba miedo caerse y golpearse con alguna piedra. Al cabo de cinco minutos, William se paró.

—Aquí es, ya hemos llegado.

Valeria miró a su alrededor. No se veía nada más que bosque por todos los lados. Dejaron las bicis apoyadas en uno de los pinos que flanqueaban el camino.

William cogió de la mano a su amiga y se adentraron en un estrecho sendero que se abría en el bosque.

—¿Dónde me llevas? —preguntó ella un poco asustada.

—Es una sorpresa. Espera un momento. Enseguida llegamos.

Un par de minutos después el bosque se abrió y llegaron a la orilla de un lago. Sus aguas quietas y silenciosas recordaban a un espejo. Enfrente, suaves colinas con abedules y abetos. Y a su derecha, una cabaña de madera, con el tejado lleno de hierba. Valeria se acordó de sus dos semanas en Finlandia y de todos los mosquitos que la habían picado.

—Ya estamos. Esta es nuestra cabaña. Quería enseñártela. Es un lugar muy especial. Aquí hemos pasado muchas vacaciones cuando yo era pequeño. Especialmente en verano. Veníamos con mis primos a pescar, a nadar, a jugar. Me gustaba mucho venir. Ahora la tenemos un poco abandonada. De hecho no habíamos vuelto desde lo de mamá. A ella le encantaba. Desde el primer día que mi padre la trajo, se convirtió en un lugar muy especial.

—¿Pertenecía a la familia de tu padre? —preguntó Valeria.

—Sí, era de mi abuelo. La heredó de un tío suyo, me parece. No estoy seguro.

—¿No sería esta la cabaña del doctor Carlsen?

—¿Del doctor Carlsen? No lo sé. Ya te dije que no sabía quién era el doctor Carlsen.

Valeria no sabía si contarle a William lo que su abuelo le había contado la noche anterior. Probablemente, tampoco la creería, y acabaría tomándola por loca. Tal vez le preguntaría a Lars por el doctor, sin mencionar la razón.

—¿Quieres verla por dentro? Era muy bonita, pero debe de estar hecha una pena.

Valeria asintió y William sacó una enorme llave de su mochila y abrió la puerta. Todo estaba oscuro. El chico fue descorriendo todas las cortinas, y la luz empezó a penetrar en el interior y a mostrar aquello que llevaba mucho tiempo cubierto de polvo y de oscuridad. Una chimenea, un sofá de color rojo, una cocina, dos dormitorios con pequeños camastros y un retrete. La muchacha miraba cada detalle, y se imaginaba al doctor Carlsen emitiendo los mensajes de Dubrowski desde allí. Nilsen le había contado que la radio estaría en un lugar seguro y secreto, dentro de una cabaña perdida junto a un lago, una cabaña que pertenecía al médico. Estaba segura de que era aquella. No podía ser de otra manera. Probablemente, a su muerte, se la había quedado Gunnar y de él había pasado a Erlend. Pero Carlsen había muerto de una manera trágica, estaba segura. Recordaba con precisión el rostro del farero cuando hablo de él la primera vez, y cómo no había querido contarle lo que había ocurrido. Le recorrió un escalofrío. Estaba en un lugar en el que probablemente se habían vivido momentos importantes para la historia del mundo y no lo podía contar. Se limitó a mirar y a sonreír con un tinte de melancolía. William se acercó a ella.

—¿Qué te pasa? Te noto triste. Es como si este lugar te trajera recuerdos.

—No, no es nada —mintió—. En realidad, es a ti a quien le trae recuerdos, ¿no?

—Sí, ya te lo he dicho. Pero tú..., tú miras cada rincón como si también fuera un lugar especial para ti.

—La otra noche soñé también con una cabaña junto a un lago, ya te lo dije —desvió Valeria la conversación—. Solo que allí había una cascada. La casita era diferente. No había paredes. Está claro que no era un lugar donde hacía frío. Y estaba esa mujer que intento pintar y no puedo.

—La mujer sin rostro.

William tomó la cara de Valeria entre sus manos y comenzó a besarla: primero los ojos, luego la frente, la naricilla, las mejillas, la barbilla y por fin la boca. Fue un beso largo, dulce y salado al mismo tiempo. Se abrazaron muy fuerte y ambos sentían la respiración del otro. Y el corazón, que les iba cada vez más deprisa. El chico acariciaba el cuello de Valeria con sus besos, y ella notaba un tintineo en su vientre que nunca antes había sentido. De pronto, sonó el teléfono de William. No lo cogió, pero volvió a sonar una y otra, y otra, y otra vez.

—Voy a ver quién es. Tanta insistencia me asusta —dijo al fin. Se metió la mano en el bolsillo y vio el nombre de su padre en la pantalla—. Papá, ¿qué pasa?... No lo he oído hasta ahora. Aquí no hay mucha cobertura —mintió, encogiéndose de hombros ante Valeria—. Sí papá. Ahora mismo voy para allá. No tardo nada. ¿Has llamado al médico? Quédate quieto, no te muevas. Voy enseguida.

William miró a Valeria con cara de preocupación.

—¿Qué pasa? —preguntó ella.

—Mi padre se ha subido a la escalera para terminar de pintar una franja en el alero de casa, y se ha caído. Tenemos que ir rápidamente. No puede levantarse. Puede que tenga algo roto.

Salieron después de correr las cortinas. William cerró la puerta y se encaminaron lo más deprisa que pudieron a las bicicletas. Cuando llegaron a la perla blanca, Lars continuaba en el suelo y se retorcía de dolor.

—¡Papá, papá! —gritó William.

—No pasa nada, William, no te preocupes. Me he debido de romper un hueso de la pierna. No me puedo poner de pie, eso es todo.

—¿No has llamado al médico?

—Se acabó la batería del teléfono justo después de hablar contigo —dijo.

—Le pondré un SMS a mi madre —dijo Valeria—. Le diré que tardaré en regresar al faro. No quiero que se preocupe.

Mercedes estaba tranquilamente tumbada en el sofá cuando sonó la melodía que anunciaba un mensaje de su hija. Lo leyó: «Lars se ha caido y no puede moverse. Debe de haberse roto una pierna».

Mercedes dio un respingo y se incorporó de un salto. Pobre Lars. Y ella allí dentro, no podía hacer nada. Ni siquiera podía acercarse a su casa. No se atrevía a coger el bote y remar hasta el puerto. No sería capaz de llegar. Tendría que esperar. Empezó a escribir un mensaje de respuesta. Pero enseguida desistió. Sería mejor llamar y hablar con Valeria. Así se enteraría mejor de lo que había ocurrido. Cuando su hija respondió, le contó lo que había pasado y que estaban esperando una ambulancia que lo llevara al hospital más próximo.

—Y tú ¿qué vas a hacer? —le preguntó su madre.

—Pues no sé. O esperar aquí o acompañarlos. Creo que es mejor que vaya con ellos. No me apetece quedarme sola en la casa.

—Sí, será mejor que vayas con ellos. Y luego te quedas a dormir ahí si se hace muy tarde. Ah, y dale un beso a Lars de mi parte.

La ambulancia llegó enseguida y en el hospital le hicieron una radiografía que mostró que el peroné estaba roto por dos sitios. Le escayolaron la pierna y la misma ambulancia lo devolvió a casa. Como no era demasiado tarde, William llevó a Valeria hasta el faro. Se despidieron rápidamente, no quería dejar mucho tiempo solo a su padre. Lars sufría unos dolores muy fuertes que no habían desaparecido con el analgésico que le había inyectado una enfermera.

EL SÉPTIMO SUEÑO DE VALERIA

Valeria estaba muy cansada por las distintas emociones que había vivido durante el día, así que le explicó sucintamente a su madre lo que había pasado con Lars, y se metió en la cama. Quería dormir por dos razones: para descansar y para recibir la visita de Erlend. La muchacha quería saber qué había ocurrido con los mensajes y con el teniente ruso. Esperaba impaciente el sueño.

Erlend Nilsen no tardó en aparecer. Como siempre, llevaba su pipa en la mano y estaba sentado en la butaca, de la que había tenido que quitar la ropa de Valeria y colocarla en una silla de la cocina.

—Buenas noches, pequeña. ¿Cómo has pasado el día?

—Tengo cosas que contarle, señor —dijo Valeria apenas se incorporó en su cama.

—¿Ah, sí?

—He estado en una cabaña junto a un lago. William me ha dicho que perteneció a su abuelo, o sea, a usted. ¿Es la misma desde la que iban a emitir los mensajes?

—El muy tunante te ha llevado a «mi cabaña» —exclamó, moviendo la cabeza de un lado a otro—. Sí, claro que es esa misma cabaña. Aunque dudo mucho que William sepa que desde allí se ayudó a ganar la guerra.

—No, no tenía ni idea —corroboró Valeria—. Hemos estado un ratito hasta que ha sonado el teléfono. Lars se había caído...

—Lo sé, lo sé, no ha sido nada grave. Verás, hija, el doctor consiguió emitir desde allí varios mensajes que nos dio Dubrowski —empezó a contar el farero.

—¿Los recuerda?

—¿Cómo podría olvidarlos? En el primero teníamos que dar la posición exacta, longitud y latitud, ya sabes, decir que había ciento noventa y cinco prisioneros rusos que estaban construyendo un campo de aviación. Ah, y también la palabra «Toreador», que era el nombre en clave del teniente.

—¿Y qué contestaron?

—El teniente nos dio la frecuencia en la que teníamos que emitir. Se trataba de una frecuencia secreta que no sería interceptada por los servicios de inteligencia alemanes. La frecuencia 16-4 MHz. Él me dio los datos el primer día en que los fotografié en la zona de trabajos. Hice unas cuantas fotografías, no muy buenas, y me fui. Un vehículo me llevó hasta el puerto y allí cogí mi bicicleta hasta la casa de mi tío. La radio seguía oculta en su cuarto de revelado, entre todos los cachivaches técnicos. El doctor Carlsen no tardó en llegar. Teníamos que llevar la radio hasta su cabaña para emitir desde allí. El doctor tenía una moto para desplazarse a visitar a sus enfermos en las granjas. Ya habrás visto, Valeria, que aquí toda la gente vive muy aislada, y el médico tenía que ir de acá para allá. Por eso se le permitía tener una moto. A mi tío también porque tenía que ir de acá para allá con su máquina de fotos. El caso es que la moto llevaba una rejilla para su maletín. Pues bien, sacamos las medicinas, el estetoscopio, la jeringuilla, todo lo que había dentro, y metimos la radio en el maletín. Si lo paraban los alemanes y lo registraban, estábamos perdidos. Pero teníamos que arriesgarnos. Salí yo primero con mi bicicleta y me dirigí hacia el lago. Al rato, hizo lo mismo el doctor con su moto. Enseguida me adelantó. Cuando llegué a la cabaña, allí estaba él. Hacía muchísimo frío pero no podíamos encender la estufa. El humo de la chimenea nos habría delatado. Colocamos la radio en la mesa y empezamos a emitir el mensaje. Pocos minutos después recibimos la respuesta.

—¿Qué decía la respuesta? —Valeria se empezaba a morder una uña por la impaciencia y la curiosidad.

—«Submarino en mar de Noruega, a 70º 7′9′′. Posible rescate. Tengan mucho cuidado». El doctor se giró a ver mi cara ante el mensaje que venía desde algún lugar de Rusia o del mar a través de aquel aparato. La tecnología no dejaba de asombrarnos.

—Pues si viera los teléfonos móviles que tenemos ahora, que hacen fotos, graban, navegan por internet...

—Ya sé, ya —dijo, moviendo la cabeza de un lado a otro—. Escondimos la radio dentro del tiro de la chimenea. Nos pareció el lugar más seguro. Cerramos la cabaña y regresamos, Carlsen a la casa de mi tío a recoger sus instrumentos médicos, y yo directamente al puerto. Era mejor que no nos vieran juntos demasiadas veces, por si acaso. Mi tío pasó la tarde revelando las fotografías y yo me quedé en el faro esperando a que pasara el tiempo para poder emitir las señales a Dubrowski. Esa noche era imposible, pues Jakobsen estaba de servicio y no podía entrar en la cabina. No dormí en toda la noche, pensando en el mensaje, en los prisioneros, en el submarino ruso que no estaba tan lejos de nosotros. Llegó la leve luz del día invernal. Era el día 12 de diciembre. La temperatura nunca había sido tan baja: llegamos a los veintidos grados bajo cero. Teníamos todas las estufas encendidas. Quedaba poca leña y pronto habría que ir a buscar más. Pasamos el día sin parar de movernos. Mi hermana tenía mucho frío y mucha fiebre. Fui a buscar al doctor y, cuando llegué a la altura de la prisión, vi movimientos diferentes a los habituales. Me paré con los soldados de guardia y pregunté. Me dijeron que durante esa noche, varios prisioneros habían muerto de frío. Los cadáveres estaban tumbados en el patio. Ninguno de ellos era el teniente Dubrowski, pero reconocí a uno de sus compañeros, el joven que en las fotos llevaba un pañuelo entre las manos, y que el día anterior tenía tan mala cara y tosía. Los oficiales hablaban. No sabían qué hacer con los cadáveres. Uno de los guardianes me hizo una señal para que me marchara de allí. Y así lo hice. Fui a casa del doctor. No estaba en casa. Lo busqué y tardé casi una hora en encontrarlo. Cuando lo hice, me acompañó hasta el barco para ir al faro y ver a María. Cuando pasábamos junto a los islotes, hubo algo que nos llamó poderosamente la atención.

—¿El qué?

—Había gente. Al acercamos reconocimos los uniformes nazis y algunos rostros. El propio comandante, varios oficiales y soldados estaban allí. Había dos motoras amarradas, dentro de las cuales vimos unos bultos con forma humana.

—¡Los muertos!

—Efectivamente, Valeria. Los prisioneros muertos. Los habían llevado hasta los islotes para tirarlos al mar.

—¡Dios mío!

—Uno de los soldados movió el brazo cuando nos vio. Con su gesto nos ordenaba que siguiéramos nuestro camino.

Reconocí a Jakobsen caminando entre los oficiales. Seguramente había sido él quien les había dado la idea de tirar a los muertos al mar desde allí. Al lado de los islotes se forman muchas corrientes. Los cuerpos desaparecerían mar adentro en muy pocas horas. —Erlend Nilsen tragó saliva.

—¿Y por qué no los enterraron? —preguntó Valeria.

—La tierra estaba más helada que nunca. Normalmente, no se pueden cavar tumbas en invierno.

—¿Y por qué no los incineraron? —insistió la chica.

—Ya te he dicho que hacía mucho frío. La leña escaseaba y no se podía utilizar para quemar cuerpos muertos. Se necesitaba para calentar. Lo mejor, más barato y más cómodo era lanzarlos al mar. En esos islotes de ahí detrás. Junto a este faro.

—Es horrible —exclamó la muchacha.

Valeria se estremeció con la narración de Erlend. Lo que le estaba narrando era terrible. Se levantó a coger un vaso de agua. Se le había quedado la garganta seca, aunque ella apenas había hablado. Nilsen seguía acariciando la pipa. En cuanto la chica regresó, continuó con su historia.

—Sí, fue horrible. Pero aquel episodio nos abrió una puerta a la esperanza.

—¿Cómo? —preguntó Valeria.

—Verás, después de visitar a María y de ponerle una inyección para bajarle la fiebre, nos reunimos Carlsen, mi padre, mi madre y yo. Lo hicimos en la cocina, ahí fuera. —Señaló con la cabeza—. Cerramos la puerta para que la pobre Elen no nos oyera y tomamos unas cuantas decisiones.

—¿Cuáles?

—Esa noche íbamos a mandarle señales desde el faro a Dubrowski. No solo emitiríamos el mensaje acerca del submarino. Le diríamos lo que habíamos visto. Y no solo eso. Le contaríamos nuestro plan.

—¿Qué plan?

—El submarino no podía llegar hasta el puerto, que era muy pequeño. Un puerto de pescadores, ya lo has visto. Pero sí podía arribar hasta los islotes. Si Dubrowski y sus hombres podían llegar hasta ese lugar, el submarino podría rescatarlos.

—¿Y cómo podrían llegar hasta allí?

—Los muertos lo habían hecho.

—¿Pretendían que se hicieran pasar por muertos?

—Sí, Valeria, lo has adivinado.

—¿Pero cómo?

—El invierno iba a continuar siendo terriblemente gélido. Solo había que esperar. Más hombres, los más débiles, morirían. Lo que tenían que hacer era eso, esperar a un día en que hubiera muchas bajas y cambiarse por ellos.

—¿Pero cómo? —insistió Valeria.

—A los muertos los metían en unos sacos. Tendrían que sacar los cadáveres de allí, esconderlos e introducirse en los sacos. Los llevarían hasta el islote. El submarino saldría a la superficie, sus hombres atacarían, y cubrirían a los prisioneros que en ese momento, saldrían de sus sacos. El efecto sorpresa sería determinante. Probablemente no habría muchos soldados alemanes. La primera vez, que fue cuando los habíamos visto, había oficiales y el comandante en jefe porque querían controlar como funcionaba el sistema. Pero después, sería algo rutinario y no mandarían a más de dos o tres soldados. Abatirlos sería fácil.

—Ya. Y también parece muy fácil tal y como lo cuenta. Pero me pregunto cómo harían para esconder a los muertos y cambiarse por ellos.

—Eso era algo que Dubrowski tenía que pensar. El caso es que decidimos mandarle ese mensaje y así lo hicimos. Esa tarde, mi padre y Tor Jakobsen habían estado en la cabina bebiendo aguardiente. Mi padre le servía una y otra vez, hasta que cayó rendido al sueño. Lo cogió por la cintura, lo bajó y lo acostó. Elen le estuvo muy agradecida. Al menos esa noche no tendría que aguantarlo. En cuanto todo quedó en silencio, mi padre me llamó y lo acompañé a la cabina. Miramos el reloj, y en cuanto las manecillas estuvieron en las diez y diez, empezamos con las señales. La noche estaba muy oscura y Dubrowski no tendría ninguna dificultad en comprender nuestro mensaje.

—¿Y qué pasó después?

—Me temo que tendrás que esperar para saberlo. Mañana te lo contaré.

—¡Oh, no, no, por favor! —protestó Valeria.

—El sol está subiendo. Hay demasiada luz, se hace tarde. Debo marcharme. Descansa. Hasta mañana.

Y Erlend Nilsen salió de su sueño como cada noche. En silencio.

LA VISITA DE MERCEDES A LARS

Por la mañana, Mercedes encontró la ropa de Valeria en la cocina. La dejó sobre la butaca de su dormitorio sin decir nada, y decidió visitar a Lars. Llamó a William y le pidió que viniera a recogerla. Quería acompañarlo y ayudarlo. Se sentía mal por no haber pasado más tiempo con él. El hombre había sido muy amable con ella y ella no había estado a su altura. Deseaba compensar su falta de tacto. Miró los productos que tenía en la despensa. Vio que había huevos, chocolate y azúcar y decidió hacer una tarta deliciosa que era la única que le salía muy bien, según una receta de su amiga María José. Desde el horno llegaba un maravilloso perfume a chocolate que despertó a Valeria.

—¡Qué bien huele, mamá!

—Pues si quieres probarla tendrás que acompañarme a casa de Lars. Es para él. Tu amigo William está a punto de llegar.

—¡Qué bien! —dijo entusiasmada Valeria.

Había decidido no mencionar la visita de Erlend en su sueño. Ni el asunto de los mensajes, ni la radio ni nada de nada. Aquello iba a ser un secreto entre el viejo farero y ella. Además, así se aseguraba de que no la tomaran por chiflada.

—Cogeré el cuaderno de dibujo. Quiero terminar el cuadro y regalárselo a William. Así tendrá un recuerdo mío.

—Seguro que va a tener muchos recuerdos tuyos... —dijo su madre.

—¿A qué te refieres?

—No, no, a nada, a nada. —Se puso el guante de cocina, abrió el horno y sacó la tarta que perfumó el faro entero.

—¡Qué buena pinta! Déjame probar un poco.

—De eso nada. No se la voy a llevar a Lars con un mordisco.

La cubrió con papel de aluminio y la metió en una bolsa de cartón. Sonó el timbre. William había llegado.

—A mi padre le hará mucha ilusión vuestra compañía porque justo hoy es su cumpleaños.

—¡Vaya, qué bien! Pues le he hecho una tarta. Qué casualidad.

—Sí. ¿Vamos?

—Claro —dijo Valeria.

Se montaron en la barca, y Valeria no dejaba de mirar los islotes. Aquel lugar en el que habían estado pescando y paseando. Parecía un lugar tranquilo y en cambio, durante la guerra, había vivido episodios siniestros. Quería contarlo pero no lo hizo. Se limitó a no apartar sus ojos de los promontorios y de las aves que volaban muy bajo, vigilando sus nidos.

Llegaron a la casa blanca, y allí estaba Lars, con la pierna apoyada en un taburete, y viendo la televisión. La apagó al oírlas entrar, y las invitadas, se acercaron a darle dos besos y a felicitarlo. El pelo de Mercedes olía a una mezcla de perfume de flores y a chocolate. Lars aspiró ambos aromas y deseó que se quedaran para siempre en su memoria. Sus ojos brillaban de una manera especial, advirtió Mercedes, y le sonrió.

—Me quedé preocupada —le dijo.

—No ha sido nada —replicó él.

—Pero podía haber sido algo peor. Siento no haber estado contigo. Te habría ayudado y...

—No pasa nada —la cortó Lars—. Me habría caído también aunque hubieras estado aquí.

—Te he traído una tarta de chocolate. Me sale muy buena.

—No lo dudo. —Y Lars le cogió la mano y se la besó.

—Eso hacían los hombres de otros tiempos —respondió Mercedes.

—En el fondo yo también soy un hombre de otros tiempos —contestó él.

Mercedes se sentó a su lado. Sus manos continuaron enlazadas.

Valeria salió al porche que daba al mar. Abrió el cuaderno y contempló lo que había pintado hasta el momento: los bambúes, la cabaña, la cascada, el lago, y la silueta de la mujer. Solo le faltaban las nubes y el rostro misterioso.

—¿Qué tal todo? —le preguntó William.

—Bien —contestó Valeria.

—Os iréis ya muy pronto ¿verdad?

—Sí, solo nos quedan dos días aquí. Os echaremos de menos.

William no contestó. No quería imaginarse el momento en que se tendría que despedir de Valeria.

—¿Cómo va el cuadro?

—Casi terminado. Solo me falta la cara de esta mujer y algunos detalles.

—¿Quieres dar un paseo por la orilla?

—No, no me apetece. Hace frío. Parece que va a llover. Se está bien en el porche.

William se sentó a su lado y se quedaron en silencio, Valeria dibujando y él contemplando alternativamente el mar y el cuadro de su amiga. Poco después empezó a soplar un viento fuerte que venía del océano. El cielo y el agua se habían teñido de gris. Empezó a llover.

—Siempre llueve cuando está la casa recién pintada.

—Ya hace unos días que pintasteis las paredes.

—Pero el alero lo terminó ayer mi padre, antes de caerse.

—Ya. Oye William. Sobre la cabaña de ayer...

—¿Te gustó?

—Sí, mucho. ¿Te ha contado tu padre de quién la heredó tu abuelo?

—Ya te lo dije. Era de un tío suyo.

—¿No sería antes del doctor Carlsen?

—Te repito que no sé quién era el doctor Carlsen.

Valeria se levantó de la silla.

—Será mejor que entremos. Hace frío.

Entraron y sorprendieron a Lars y a Mercedes de la mano, sentados en el sofá. Valeria se quedó paralizada y William también.

—¡Mamá!

—¡Papá! —dijeron al unísono.

—Parecía que tu padre tenía un poco de fiebre. Le estaba controlando las pulsaciones —mintió Mercedes.

Nadie la creyó pero disimularon.

—Lars, quería hacerte una pregunta acerca de vuestra cabaña en el lago —intervino Valeria. Su madre la miró sorprendida. No sabía a qué cabaña se estaba refiriendo.

—Te llevó ayer William ¿verdad? Es un lugar muy especial. Muy solitario, rodeado de un paisaje hermosísimo —explicó Lars.

—Sí, estábamos allí cuando llamaste para avisar de tu caída.

—¿Qué quieres saber sobre ella? —preguntó Lars.

—¿De quién era?

—De mi abuelo Erlend, el que fue farero.

—¿Y antes? —continuó la muchacha.

—La heredó de su tío Gunnar, era el fotógrafo de la región.

—¿Y de quién la heredó Gunnar? —insistió Valeria.

—No estoy seguro. Recuerdo muy poco a mi tío. Murió cuando era yo muy pequeño. Íbamos a nadar en el lago y nos quedábamos a dormir allí. Muchas veces mecionaba a un amigo suyo, con el que iba a pescar cuando eran jóvenes. Pero no recuerdo el nombre. Y tampoco lo conocí.

—¿No sería un tal doctor Carlsen? —preguntó Valeria, que empezaba a traicionar su voluntad de no mencionar el contenido de sus sueños.

—Era médico, eso sí. Y lo mataron los nazis, según contaban. Pero el nombre lo he olvidado. Era yo muy pequeño cuando el tío Gunnar vivía.

—Y tu padre, ¿nunca habló de él, del doctor?

—No lo recuerdo. Mi padre hablaba poco de cuando era adolescente y vivía aquí. Le gustaba contar las historias de sus viajes por los mares de Oriente. Pero nunca hablaba de la guerra. Le dolía demasiado —dijo tristemente Lars—. ¿Y tú como sabes el nombre del doctor?

Valeria miró a William, luego a su madre, y por fin de nuevo a Lars. ¿Qué podía decir? Afortunadamente, la fuerza de la naturaleza la ayudó. Un trueno sacudió la casa, que tembló bajo los pies de todos. Un resplandor cercano al faro los hizo salir de la perla blanca. Lars se ayudó de una muleta y del brazo de Mercedes para levantarse. El faro estaba intacto pero cientos de pájaros revoleaban sobre él. Estaban excitados, como si presagiaran que algo iba a ocurrir. De pronto, vieron que un rayo caía sobre los islotes. La luz zizgagueante caía sobre las rocas que parecían querer estallar. Los pájaros huían despavoridos de la zona y llegaban hasta la costa. Desde allí, contemplaban el lugar donde estaban los nidos con sus polluelos, que se habían quedado indefensos. De repente, Valeria se puso a llorar desconsoladamente.

—¿Qué te pasa, hija? —le preguntó Mercedes.

Pero ella no podía contestar. Seguía llorando sin poder parar. Su madre no recordaba haberla visto sollozar con tanta intensidad. Sus lágrimas le caían por las mejillas, por el cuello, y mojaron su camiseta. William la abrazó. El contacto con el cuerpo del chico tampoco la consoló. Y Valeria lloró y lloró durante más de veinte minutos. Hasta que la tormenta desapareció y los pájaros regresaron a sus nidos.

Nadie supo el porqué de la reacción de Valeria. Ni siquiera ella misma.

LA SOLEDAD DE NIKOLAJ DUBROWSKI

Feodor Pawlov murió mientras trabajaban en la pista de aterrizaje. La noche había sido gélida en el almacén. Tres hombres habían fallecido de frío mientras dormían. Él aguantó la noche, pero estaba muy débil. No obstante, consiguió levantarse, comer el desayuno y montar en el camión. No paraba de toser y llevaba ya varios días escupiendo sangre. Su rostro estaba cada día más blanco y Nikolaj estaba preocupado por su amigo. Intentó hablar con uno de los oficiales, pero el soldado responsable de su unidad no se lo permitió. Aquella mañana, apenas podía coger la pala. Sus pestañas, su bigote, su barba, todo estaba helado. Respiraba entrecortadamente y el aire que le entraba le congelaba las entrañas todavía más. Sufrió un ataque de tos y se tuvo que sentar en el suelo. Un soldado se le acercó y lo obligó a levantarse. Siguió tosiendo y la sangre era cada vez más abundante, tanto que manchó el hielo que cubría la tierra.

Al ver la sangre, el soldado se asustó y llamó al oficial. Cuando llegó, Feodor estaba tumbado en el suelo y a su lado, Nikolaj trataba de reanimarlo. No lo consiguió. Su amigo murió en sus brazos, con la boca bañada en una sangre oscura que no tardaría en congelarse.

—Puedes quedarte con sus guantes, con el gorro y con la bufanda. A él ya no le van a hacer ninguna falta —le dijo el oficial.

Los ojos de Nikolaj se humedecieron y un par de lágrimas se helaron en sus mejillas nada más salir. Le quitó los guantes y la bufanda a su amigo y se los puso él. El soldado llamó a dos prisioneros que trabajaban al lado y que no se habían dado cuenta de lo que había ocurrido. Les mandó que cogieran el cuerpo y que lo pusieran en el camión. Dubrowski dio unos pasos hacia él, pero el oficial le impidió el paso.

—Tú ahí quieto. No puedes hacer nada por él.

—Es..., era mi amigo —musitó.

—Ahora ya no es nadie —le dijo el oficial—. Y tú intenta conservar la vida. Será lo mejor para ti y para nosotros.

Y se quedó solo en el campo. En el suelo yacía su pala y la de Feodor. El mango de madera estaba manchado de su sangre. Como el hielo. Se agachó y lo tocó. La sangre, caliente al salir, había derretido el hielo y se había mezclado con él. Ahora todo volvía a estar helado, y la sangre de Feodor parecía estar diluida dentro de un espejo. Nikolaj se miró reflejado en él. Sus lágrimas vertidas fueron a acompañar a la sangre de Feodor Pawlov.

Por la noche, Nikolaj se acostó muy cansado y con el alma vacía. No sentía dolor. Miraba en su interior y lo único que veía era la nada, el vacío. Ya no había nada que le pudiera doler. Se preguntaba dónde habrían llevado a Feodor, qué habrían hecho con él los enemigos. No tenía ni siquiera fuerzas para escribirle a Nadia en su diario. El sueño le vencía, pero tenía que mantenerse despierto para ver las señales que le iban a mandar desde el faro. Sacó el reloj de su abuelo una y otra vez. El tiempo caminaba muy despacio: las diez, las diez y cinco, las diez y seis, las diez y siete, las diez y ocho, las diez y nueve. Y por fin, las diez y diez. Giró la cabeza para poder ver a través de la ventana sin despertar sospechas. El faro lanzaba su rayo luminoso como todos los días. Su corazón palpitaba más deprisa que el reloj. Intentaba no parpadear para no perder la atención. De pronto, una luz diferente y mucho más corta empezó a destellar. Sí. No lo habían traicionado. Los hombres del faro estaban allí, a su lado a pesar de estar al otro lado del mar. Siempre había sido muy bueno leyendo las señales en morse. No obstante todo su agotamiento, se pudo concentrar e interpretar el mensaje:

Submarinorusocercaposiblerescatemuertosarrojadosmarislotesfarosustituirmuertospróximosislotesubmarinorescateenislote

No hubo más señales. Cerró los ojos para ordenar lo que había leído: «submarino ruso cerca posible rescate muertos arrojados mar islotes faro sustituir muertos próximos islote submarino rescate en islote». Es decir, que había un submarino ruso cerca que podría rescatarlos. Que arrojaban a los muertos al mar desde los islotes próximos al faro. Que le proponían que él y otros hombres se hicieran pasar por los muertos para que el submarino los pudiera rescatar junto al islote.

Dubrowski se llevó las manos a la cara para mantenerse despierto un rato más. El cansancio lo vencía. Tendría que ingeniárselas de alguna manera para que él y algunos compañeros se cambiaran por los próximos muertos, que seguro que los habría en los días venideros. Tenía que pensar cómo. Antes de dormir, intentó recordar el rostro de Pawlov, pero lo único que veía en su mente era un cadáver arrojado a las heladas aguas del Atlántico Norte. Feodor quería vivir en el mar, por eso había abandonado su pueblo. Y lo único que había conseguido era que su cuerpo fuera engullido por el abismo oscuro y gélido.

A la mañana siguiente, el joven ayudante del fotógrafo, Erlend Nilsen, volvió al campo de trabajo de los prisioneros rusos. Su tío había revelado las fotografías pero, según él, no tenían la calidad que el comandante y su misión requerían. Así que pedía permiso para repetir el reportaje. Por supuesto, se lo concedieron y así Nilsen pudo volver a hablar con Dubrowski.

—¿Vio las señales? —le preguntó cuando estuvo a su lado con la cámara.

—Sí, dígales que de acuerdo. La próxima vez que lleven a los fallecidos al islote estaré entre ellos.

—¿Cómo elegirá a los demás?

—No me hagas esa pregunta, muchacho. Ponte en mi pellejo: tengo que esperar la muerte de alguno de mis compañeros para que yo pueda huir. Y por otra parte, dependiendo de cuántos hayan muerto, tantos otros se podrán salvar. Cuando acabe esto, si es que consigo escapar, no me quedará ni una gota de humanidad en el cuerpo. Se me está helando la sangre, muchacho. Mi alma está tan fría como el aire que se congela en cuanto sale de mi boca.

—¿Cómo sabremos que ha llegado el momento para poder emitir la señal al submarino ruso?

—Esto va a ser muy complicado, chico. Tenemos que cambiarnos por los muertos. Y además, prever su muerte con suficiente antelación como para que os dé tiempo de emitir desde ese otro lugar secreto donde tenéis la radio. Y además, yo me tengo que comunicar contigo. No sé cómo lo vamos a hacer.

—Pensaremos en ello y le diremos cómo hacerlo a través de las señales del faro. Siga mirando por la ventana cada noche. Y rece.

—¿Para qué? ¿Para que muera otro de mis compañeros? ¿Te acuerdas del chico que estaba a mi lado el otro día, el que tosía? —Erlend asintió; lo había reconocido—. Es uno de los muertos que tiraron ayer al mar. Era mi amigo y ahí delante está su sangre. Murió aquí mismo, de frío, de fiebre, de dolor. ¿Sabes? Siempre he sabido que «la gente» muere en las guerras. Pero cuando la palabra «gente» deja de ser abstracta, y tiene cara, y nombre, y apellidos, la muerte también deja de ser abstracta. La ves, la tocas, y la hueles —la voz de Dubrowski se entrecortaba—. Entonces todo se convierte en un enorme agujero vacío. Y en él ya no hay ni siquiera aire. Porque el aire es la vida, y cuando uno muere y deja de respirar, hasta el aire desaparece.

—Ahora he de dejarlo. Tengo que hacer las fotos, teniente. Y no se olvide de mirar por la ventana.

—Lo haré. Esta noche, y mañana. Y al día siguiente, y así hasta que muera alguien más y me pueda salvar. ¿Sabes? Se llamaba Feodor Pawlov. Era de algún lugar de Siberia. De un pueblo minero. Ingresó en el ejército para no morir de la enfermedad de las minas. No quería vivir bajo tierra. —Sonrió amargamente—. Al menos eso sí que lo ha conseguido. Ni siquiera muerto estará bajo tierra. Su tumba ha sido el mar. Y él amaba el mar.

EL OCTAVO SUEÑO DE VALERIA

Esa noche, Erlend Nilsen llegó antes que nunca. Quería seguir contándole a Valeria la historia del teniente. Sabía que iba a ser su última visita y deseaba alargarla lo más posible. Además, todavía tenía mucho que decirle. Le dio unos golpecitos en el hombro a la muchacha.

—Ya estoy aquí, pequeña. Parece que estabas teniendo otra vez un sueño muy agradable.

—Ah, hola, señor —dijo ella desperezándose—. No sé si era agradable. Era muy raro. Estaba en un bosque de bambúes, era pequeña y andaba perdida. Había una tormenta terrible y mucha agua, tanta que me llegaba hasta los hombros. Una mujer me encontraba, me tomaba en sus brazos y me llevaba a su pequeña cabaña al lado de una cascada. Era muy hermosa y lloraba al encontrarme. Era ... —titubeó—. Era mi madre.

—¿Mercedes, la que duerme ahí al lado?

—No. Era mi madre real. O sea, mi madre biológica. Mi madre de China, a la que nunca conocí.

—¿Dónde nos habíamos quedado? —El farero no tenía ninguna gana de escuchar los otros sueños de Valeria.

—Mi madre —musitó la chica, con el ceño fruncido y con un escalofrío—. Es la primera vez que le veo la cara.

—Era un sueño, pequeña. Probablemente tampoco era esa su cara en la realidad.

—¿Y usted? Usted también está dentro de mis sueños —protestó Valeria.

—Bueno..., supongo que sí, pero yo soy de verdad y te estoy contanto una historia real. Así que cállate, que voy a continuar. ¿Dónde nos habíamos quedado? —insistió.

—La realidad..., los sueños... —balbució Valeria.

—Te he preguntado que dónde nos habíamos quedado —repitió.

—Había hablado con Dubrowski y le había dicho que le mandarían los mensajes a través del faro —apenas pudo explicar la muchacha.

—Bien, y así lo hicimos —Nilsen le contó a Valeria todo lo referente al primer mensaje, y al plan de hacerse pasar por muerto para ser rescatado por el submarino.

—¿Y lo consiguió? —preguntó llena de pavor—. Eso tiene que ser horrible. Como Julieta, que se tomó aquella pócima que luego no le sirvió de nada.

—Julieta era tonta y Romeo también —aseveró el viejo—. No me interrumpas.

—Perdón —se disculpó Valeria, que seguía un poco aturdida.

—Pues bien, el doctor Carlsen y yo volvimos a la cabaña al día siguiente y contamos nuestros planes a los rusos a través de la radio. Tardaron un rato en contestar.

—Estarían deliberando —sugirió Valeria.

—Sí, seguramente, pero nosotros no podíamos estar tanto tiempo con la emisora abierta. Era peligroso. Si los alemanes captaban nuestras señales estaríamos perdidos. El caso es que por fin dijeron que estaban de acuerdo. Que el submarino se dirigiría hacia la zona y que esperaría nuestra señal para llegar a los islotes y llevar a cabo el rescate del hombre.

—¿Iban a llevar a cabo toda una misión de esa envergadura solo por una persona?

—El teniente era muy importante para el ejército ruso y para la defensa del propio Leningrado. Pero de eso me enteré después.

—¿Y cómo sabían ellos que se trataba de Dubrowski?

—La clave estaba en la palabra que me dijo el primer día, su sobrenombre, «Toreador». Quedamos que solo volveríamos a emitir cuando supiéramos el día en que Dubrowski podría estar en el islote haciéndose pasar por un muerto. El hombre que estaba al otro lado de la radio nos dio una clave. Cuando llegara el momento, no diríamos nada más que una frase.

—¿Cuál?

—«La noche más oscura». Con eso ya sabrían a qué nos referíamos.

—¿Y usted, cómo podría saber que había llegado el día?

—Ese era uno de los problemas con que nos encontramos. Después de emitir y de esconder la radio, regresamos a casa de mi tío. Allí estaba mi padre con pan y albóndigas de pescado que mi madre había preparado. Empezamos a pensar qué podíamos hacer para que el teniente se comunicara con nosotros. Y después de mucho pensar llegamos a una conclusión.

—¿Cuál?

—No había manera. Así que yo debía ir cada mañana, antes de que los nazis llevaran a los prisioneros al campo de trabajo, y esperar a ver una señal de Nikolaj. Y así lo hice. Por la noche, y aprovechando que Tor Jakobsen había ido a la ciudad con una misión de los alemanes, le mandamos nuestra decisión al teniente a través de las luces del faro. A la mañana siguiente, muy temprano, cogí el barco y llegué al puerto antes de que partieran los camiones. La temperatura había subido. Había nevado, todo estaba blanco y no hacía tanto frío. Y así siguió hasta que cambió la luna. Dos días antes de la Navidad volvieron a desaparecer las nubes. Las altas presiones trajeron un frío terrible. Mayor que el de las semanas anteriores. La temperatura llegó hasta los veinticinco grados bajo cero. La pierna de mi tío ya estaba recuperada y podía caminar ayudado por un bastón. Sabíamos que aquel terrible frío mataría a algunos de los prisioneros. Carlsen había enviado un mensaje con la radio: el submarino debía acercarse lo más posible; en cualquier momento recibirían las órdenes de rescatar a los prisioneros. Pero no debían dejarse ver ni siquiera a la altura del faro. La mañana del día 24, mi padre, mi hermana ya curada de la fiebre, y yo fuimos a tierra para ir a buscar un árbol para la Navidad. Lo cogíamos siempre del bosque cercano a la cabaña del doctor. —Valeria enrojeció al recordar la cabaña y los besos de William—. Era temprano, hacía mucho frío y los prisioneros estaban todavía en el campamento. El agua se había helado en los depósitos de los camiones, y tenían que esperar. Enseguida vi a Nikolaj y noté que algo pasaba. Me hizo un gesto con las cejas que comprendí al momento. Había llegado la hora. Alguien había muerto y sería llevado al islote. Me dirigí con la bicicleta lo más deprisa que pude a casa del doctor. Afortunadamente, estaba todavía tomando su café de la mañana. Cogió la moto y salió corriendo hacia la cabaña. Mi familia y yo llegamos hasta el bosque para elegir un árbol. Llevábamos cuerdas para atarlo a la bicicleta. Elegimos uno precioso. Lo cortamos y lo colocamos detrás de mi sillín. Enseguida pasó el doctor ya de vuelta de cumplir con su misión. Su cara estaba roja, de los nervios y del frío. Se paró y nos comunicó que había enviado el mensaje.

—«La noche más oscura» —recordó Valeria.

—Efectivamente, «la noche más oscura». Nos dio la mano a todos y siguió su camino. Cuando llegamos al pueblo, lo vimos hablando con dos oficiales, que le pedían la documentación. No nos dejaron parar y tuvimos que embarcar sin saber qué pasaba con el doctor Carlsen. Si lo detenían, registraban la cabaña, y descubrían la radio, estaríamos perdidos. Llegamos al faro y transportamos el abeto hasta el salón del piso de arriba. Mamá había sacado ya todos los adornos navideños y las velas y nos pusimos a decorarlo. De vez en cuando salíamos a la terraza a pesar del frío para controlar lo que podía ocurrir en el islote. Pero hacía tanto frío que mamá nos prohibió abrir la puerta. Nos tuvimos que conformar con mirar por la ventana. Por fin, en la oscuridad de las tres de la tarde invernal, vimos una luz que venía del puerto. Una lancha con cuatro soldados alemanes. Se dirigieron al islote más occidental y la amarraron al poste. El haz de luz del faro los iluminaba cada veinte segundos. Así que veíamos sus acciones intermitentemente. Yo miraba hacia el mar a ver si veía algún rastro del submarino, pero nada. Todo estaba demasiado oscuro. De pronto, oímos un estruendo desconocido que llegaba del mar. Como si el océano se abriera en dos pedazos. Una mole enorme de acero empezó a salir. Apenas la veíamos un segundo de cada veinte cuando la rozaba nuestra luz. El gigantesco pez de metal estaba en la superficie. Los soldados nazis se quedaron petrificados. Habían dejado tres bultos en el suelo. Los tres cadáveres que debían tirar al mar.

De pronto escuchamos sonidos diferentes. Estaban disparando con ametralladoras desde el submarino. Vimos caer a los cuatro alemanes, y de pronto, los tres bultos empezaron a moverse. Uno de ellos consiguió salir enseguida y abrir los otros dos sacos. Hicieron señales con los brazos al submarino. Se montaron en la lancha que los había conducido hasta allí, y ayudándose de los fusiles de los muertos, remaron hasta el submarino. Uno de ellos, cuando estaba en la cubierta de la torre del buque, levantó los brazos hacia el faro. La ventana estaba muy iluminaba, y probablemente veía las velas de nuestro abeto. Se llevó la mano derecha abierta a la sien y saludó. Salimos corriendo a la terraza y lo vimos entrar en la nave. Pocos segundos después, el submarino desapareció en el mar. Y ya nunca volvimos a ver al teniente Nikolaj Dubrowski. Nos abrazamos todos emocionados: mi madre, María, mi padre, el tío Gunnar. Afortunadamente, Tor y Elen no estaban en el faro. Habían ido a celebrar la Navidad en casa de los padres de ella.

—¿Y qué ocurrió después?

—Enseguida llegaron dos lanchas llenas de soldados alemanes. Habían visto el submarino desde tierra. Pero ya no encontraron nada. Solo cuatro soldados muertos, y tres sacos con tres cadáveres. Así era como habían huido: se habían metido en los sacos con los muertos. También hallaron una libreta que uno de los rusos había perdido. Cuando acabó la guerra cuatro años después, y encontramos el cuaderno en que llevaban la cuenta de los prisioneros muertos, vimos lo que habían escrito: habían dado por muerto a Nikolaj Dubrowski el día 25 de diciembre, y como causa de la muerte, habían anotado «causa desconocida». No quisieron admitir que se les había escapado en sus mismas narices.

Él, el «Toreador». Después supimos que su labor estratégica había sido muy importante durante la resistencia de Leningrado.

—¿Y el doctor?

—Al día siguiente, que era en realidad el 25, fuimos al cementerio. Lo tradicional es ir el día 24, pero con el asunto de la radio y los mensajes, lo habíamos dejado para el día de Navidad. Encontramos el cuerpo del doctor Carlsen en la tapia del cementerio. Llevaba las manos rotas y atadas a la espalda, tres tiros en el pecho y otro en la sien. En su solapa, el broche con la efigie de nuestro rey. Lo habían fusilado y rematado en el suelo.

—¿Por qué sospecharon de él?

—Cometió un fallo el día del último mensaje. Cuando salió corriendo hacia la cabaña no cogió su maletín. Al regreso, lo pararon los nazis y le preguntaron que de dónde venía tan temprano. Dijo que venía de visitar a un paciente. Pero no llevaba maletín. Según nos contó muy ufano Jakobsen unos días después, al parecer los alemanes habían interceptado la señal de una radio en una zona cercana al lugar del que venía el doctor. Lo habían torturado pero no les había dicho nada. Así que lo habían fusilado. Así murió uno de los hombres más buenos que he conocido jamás.

—¿Y nunca sospecharon de usted?

—No, nunca. Algo les debió decir Carlsen para que nunca sospecharan de nosotros. Fuera lo que fuera los convenció. Seguramente el doctor murió para salvarnos... Mi tío y yo seguimos haciendo fotografías hasta que el campo de aviación estuvo preparado y en funcionamiento. Después, un avión trajo a un fotógrafo del Tercer Reich y nos quedamos sin el trabajo. Luego acabó la guerra y los rusos y los ingleses nos liberaron. Yo me hice marino y me fui a surcar los mares del Sur. Fui a China, a Australia, a Nueva Zelanda, a la Polinesia. Y al cabo de muchos años regresé a mi casa. A este faro. Y aquí me quedé. Llegó la muerte y aquí sigo, en tus sueños. Hasta hoy.

—¿Hasta hoy?

—Sí, pequeña. Mañana no volveré. Estoy fatigado. Los fantasmas también nos cansamos. Tal vez regrese cuando tú regreses a este faro.

Valeria sonrió. La verdad es que le gustaría volver a aquel lugar. De hecho, preferiría no marcharse y quedarse a vivir cerca de William. Y de las historias de Erlend Nilsen.

—Hay dos cosas todavía que no me ha contado, señor.

—¿Cuáles?

—¿Qué fue de Tor Jakobsen?

—¿Aquel malnacido? Tuvo un accidente en el faro un año después, antes de que acabara la guerra. Cayó desde lo alto —dijo con una sonrisa que sugería más que las propias palabras—. Nadie sintió su muerte. ¿Y la otra pregunta?

—¿Qué fue de la radio? ¿La encontraron los alemanes?

—No, nunca la encontraron. Al cabo de un tiempo, ya después de la guerra, mi tío Gunnar y yo regresamos a la cabaña y la buscamos. Seguía en el tiro de la chimenea. La sacamos y decidimos llevarla a otro lugar.

—¿A qué lugar?

—Eso es algo que tendrás que averiguar tú, mi querida Valeria. La encontrarás antes de marcharte.

—Pero... ¿dónde? —preguntó angustiada.

—Recuerda las palabras que te dije en mi primera visita. En ellas encontrarás la respuesta. Y ahora debo irme.

Erlend Nilsen metió su pipa en el bolsillo y se levantó. Se acercó a la cama para despedirse de la niña. Valeria le echó los brazos al cuello. Sus lágrimas mojaron la chaqueta del farero.

—Prométame que volverá un día a mis sueños.

—Si vuelves a mi faro —elevó la mirada hacia el techo—, te prometo que regresaré. Adiós, Valeria.

—Adiós, señor Nilsen.

—Y recuerda las palabras de tu primer sueño. En ellas encontrarás la radio.

El viejo farero se levantó y salió por la puerta que daba a la habitación de Mercedes. Valeria contempló su figura hasta que desapareció. Metió la cabeza bajo el edredón y volvió a llorar.

—¿Qué te pasa? —la voz de su madre la sorprendió—. ¿Por qué lloras?

—No, no lloro —mintió sin parar de sollozar.

—¿Es porque nos vamos pasado mañana? ¿Es por William?

—No, mamá. No pasa nada. Todo está bien. Déjame dormir un rato más.

—Está bien. —Le dio un beso en la frente—. Conocerás a muchos más chicos, y cada vez que te despidas de ellos, sentirás un desgarro en el estómago y creerás que se te rompe el corazón. Pero no será así. Ni el corazón se te romperá ni el estómago se desgarrará. La vida seguirá su camino y tú con ella. Y ahora duerme.

—Sí, mamá.

—Lars me ha dado un trozo de la tarta de chocolate. Estará muy rica en el desayuno.

—Sí, mamá.

Valeria siguió llorando un rato más. Pero esta vez en silencio.

EL ISLOTE DE LAS GAVIOTAS NEGRAS

William deseaba pasar con Valeria el poco tiempo del que disponían. Al día siguiente, ella partiría de nuevo hacia su país. La llamó temprano y quedaron para ir de pesca al islote. William llegó muy puntual y la chica bajó al muelle. Subió al barco sin decir ni palabra. Tenía unas ojeras enormes que delataban las lágrimas derramadas durante la noche. El muchacho la miraba, sentada y callada a su lado junto al timón, y con el pelo negro hacia atrás a causa del viento. Sus pensamientos la llevaban a Dubrowski, al submarino que había aparecido en ese mismo lugar una tarde de Navidad, al joven Erlend Nilsen, al traidor Jakobsen, al médico fusilado. A la radio. El viejo farero le había dicho que recordara su primer sueño para encontrarla. Le dolía dejar a William y le había dolido dejar a Erlend. Volvía a sentir unas ganas de llorar que tenía que controlar. No quería que William la viera así. Amarraron la barca al pivote y salieron. Se encaminaron al promontorio de las piedras y el muchacho sacó los aparejos. Valeria llevaba consigo su cuaderno y las acuarelas. Había decidido que iba a terminar su cuadro allí, mientras William se dedicaba a la pesca. Aquella noche había visto el rostro de la mujer del sueño. Era lo único que le quedaba para terminarlo. Sacó el pincel, lo mojó y empezó a trazar los rasgos que le faltaban: los ojos, la nariz, la boca. Lo terminó en pocos minutos. Cuando hubo acabado se lo mostró a William, que miró alternativamente la cara pintada en el papel y la que tenía ante él.

—Bonito autorretrato —dijo—. Te has pintado a ti misma.

Valeria frunció el ceño y contempló su obra. Efectivamente, aquella era su cara.

—Es la mujer del sueño —replicó—. Pero tienes razón. También soy yo.

—Será que has soñado contigo misma.

—No. En el sueño yo era una niña muy pequeña, casi un bebé. Estaba perdida en medio del agua. Ella venía hacia mí y me recogía. Me abrazaba, me llenaba de besos y me llevaba a su casa. Pero de pronto —recordó súbitamente—, de pronto, vino una avalancha de agua y todo desapareció. También ella. Solo quedé yo, flotando en una canastilla. Llorando. Sola. No, la mujer no era yo. Era...

—¿Quién era?

—Creo que era mi madre. Mi verdadera madre. Mi madre de China. ¡Dios mío! —Valeria se llevó la mano a la boca y cerró los ojos—. He soñado con ella. Con la mujer de la que nací. Había mucha agua, una inundación. Y ella desaparecía en medio del agua. —Se quedó callada unos instantes—. ¡Santo Dios! Ahora lo entiendo todo.

—¿El qué?

—Mi hidrofobia. He tenido un irracional miedo del agua porque viví esa terrible inundación de niña. Y mi madre desapareció entre las aguas. Y yo sobreviví...

Valeria empezó a llorar como nunca. Las lágrimas le caían sin parar y no era capaz de hablar. William dejó la caña y la abrazó lo más fuerte que pudo. La besó mil veces hasta que su cara se mojó con las amargas lágrimas de la muchacha.

—Tranquila. No pasa nada. Solo ha sido un sueño.

Valeria se soltó de su abrazo y lo miró con rabia.

—No solo ha sido un sueño. Ella estaba allí y luego desapareció. Por eso yo tenía tanto miedo al agua. Todo tiene una explicación. ¡Estoy harta de que me digáis que todo son sueños e imaginaciones mías! —gritó—. Como lo de tu abuelo. Él me ha contado todo lo que pasó con Dubrowski. No murió, como está escrito en el cuaderno del museo. Se salvó. Lo rescató un submarino justo aquí. Y al doctor Carlsen lo fusilaron los nazis. Y tu abuelo escondió la radio en algún lugar que yo tengo que encontrar. Un lugar que él mencionó en mi primer sueño.

Valeria se quedó callada de repente y miró a su alrededor. El islote, las piedras sobre las que se sentaban. El viejo farero había hablado de «las piedras planas de la ensenada», y había dicho que «había escondido algo allí hacía años». Sí, eso había dicho la primera noche.

—Ahí. Debajo de esas piedras. Ahí está —le dijo a William.

—¿El qué? ¿Qué es lo que hay ahí? ¿De qué estás hablando? —preguntó él intrigado y pensando que la chica había perdido la cabeza.

—Ayúdame a levantarlas.

—Pero, ¿estás loca? Pesan muchísimo.

—No tanto para que no las podamos levantar entre los dos. Agarra una de ahí y yo la cogeré desde aquí —ordenó.

William obedeció de mala gana. ¿Qué se suponía que iban a encontrar debajo de aquellos pedruscos que él siempre había visto tal y como estaban?

Consiguieron mover las piedras y retirarlas. Valeria metió la mano y sus dedos tocaron un objeto de textura extraña. Introdujo la otra mano y lo sacó.

—¿Qué demonios es esto? —preguntó William, tan sorprendido que el asombro no le cabía dentro del cuerpo.

—Es una radio. Está toda podrida por la humedad y ya no funciona. Pero es una radio.

—Yo diría que está chamuscada —dijo el chico.

—¡Santo Dios! —exclamó Valeria—. ¡El rayo de la tormenta de ayer! La radio atrajo al rayo a pesar de estar cubierta por las piedras.

—¡Es increible! ¿Cómo demonios...? —empezó a decir.

—Hay otra cosa que es más increíble —continuó Valeria—. Esta radio que tienes delante de tus ojos ayudó a que los nazis perdieran la guerra. Pasó años en un compartimento de la chimenea de la cabaña del lago, y tu abuelo la dejó aquí mucho tiempo después. En el mismo lugar donde el teniente Nikolaj Dubrowski logró salvarse.

William la miró sin llegar a comprender del todo. Él llevaba toda su vida en aquel lugar y nada había sabido de toda aquella historia de la que hablaba Valeria. ¿Por qué su abuelo nunca se la había contado a través de sus sueños, como había hecho con ella?

—¿Quién es Nikolaj Dubrowski?

—Tu soldado ruso preferido, el de la gorra. Se llamaba así. No murió el día de Navidad, como consta en el documento del museo. Se salvó. Se hizo pasar por muerto. Y un submarino lo rescató y lo llevó a Rusia. Nikolaj se salvó en este mismo lugar —explicó Valeria emocionada.

—¿Y todo esto lo has sabido porque...?

—Porque él, tu abuelo, me lo ha estado contando durante mis sueños. Mis sueños —repitió—, ese mundo extraño en el que también he visto el rostro de mi madre y donde he comprendido muchas cosas.

Valeria ya no lloraba. Tenía en sus manos aquella prueba de la historia de Erlend Nilsen. Sobre la piedra había quedado su cuaderno con la acuarela terminada. Dejó la radio sobre el musgo que cubría las rocas y abrazó a William con todas sus fuerzas.

—Nunca olvidaré estos días contigo y estas noches con tu abuelo.

—¿Volverás algún día a este faro?

—Se lo he prometido a él —contestó la chica.

—¿Y a mí no me lo prometes?

—Sí, también te lo prometo a ti —sonrió Valeria—. ¿Y tú? ¿Vendrás a verme a mi ciudad?

—Sí.

—¿Cuándo? —preguntó.

—Pronto. Iré a verte muy pronto. Te lo prometo.

Valeria abrió los ojos como platos. Bueno, como platos ya hemos dicho que no los podía abrir, pero casi. Acercó su cara a la de William y lo besó. Su beso fue largo, salado de mar, pero con un cierto matiz a tarta de chocolate. De pronto, un pájaro revoloteó sobre sus cabezas y se posó sobre una roca.

—¡Han vuelto! —exclamó William cuando lo vio—. ¡Los frailecillos han vuelto a la isla!

—Volver, regresar... —musitó Valeria—. Como las olas del mar, que siempre acaban llegando a la orilla.

—Y al faro.

—Igual que tu abuelo..., que también ha regresado para que juntos pudiéramos encontrar la radio que salvó la vida de Dubrowski.

Valeria y William se besaron una y otra vez en el mismo lugar donde Feodor Pawlov había sido arrojado a las aguas.

En el mismo lugar donde Nikolaj Dubrowski se había hecho pasar por muerto para salvarse. En el mismo lugar donde la radio secreta había pasado decenios escondida.

Caminaron de la mano de regreso a la embarcación. Se pararon para contemplar juntos, por última vez, el faro.

El sol de mediodía caía en vertical sobre la vieja catedral roja de la costa, que parecía una ráfaga de fuego emanada directamente del mar, como la lava de un volcán.

Y es que *Kjeungskjaer* podía iluminar incluso las noches más oscuras.

¿CÓMO SURGIÓ *LA NOCHE MÁS OSCURA?*

En verano de 2010 hice un viaje a *Kjeungskjaer fyr,* un faro construido en 1880 en medio del mar de la costa de Noruega. Fui allí con mi marido y con nuestros amigos Jon Gisle, Liv y Maria Victoria Børset-Kolbjørnsen. Antes de montar en la lancha que nos llevó, tuvimos que ponernos unos chalecos salvavidas que había en un viejo almacén junto al puerto.

El almacén tenía nombre, *Guldteibrygga* y durante la ocupación alemana de la Segunda Guerra Mundial, se había convertido en prisión de ciento noventa y cinco prisioneros rusos, a los que llevaron hasta allí para construir un aeropuerto. Sesenta soldados soviéticos murieron, treinta y tres de ellos entre 1941 y 1942, durante un gélido invierno. Los nombres de Feodor Pawlov y de Nicolaj Dubrowski los leí en un documento que se muestra en una de las vitrinas del almacén, convertido en museo de la guerra, y los anoté en mi cuaderno, junto con las fechas en que murieron. De Pawlov alguien había anotado que murió el 12 de diciembre de 1941, de frío en el hielo. Junto al nombre de Dubrowski había una fecha, el 25 de diciembre del mismo año, pero nadie había escrito la causa de su muerte. Eso me dio pie a imaginar el desenlace.

Había fotos, pero no recuerdo si uno de los prisioneros llevaba un pañuelo en la mano, y otro una gorra de plato, o si las descripciones son fruto de mi imaginación. La realidad y la ficción se han mezclado en mi memoria igual que en los sueños de la protagonista.

ÍNDICE